전장의 저격수

전장의 저격수 7
요람 장편소설

초판 1쇄 찍은 날 § 2018년 5월 14일
초판 1쇄 펴낸 날 § 2018년 5월 21일

지은이 § 요람
펴낸이 § 서경석

총괄팀장 § 최하나
편집책임 § 신보라
디자인 § 신현아

펴낸곳 § 도서출판 청어람
등록번호 § 제387-1999-000006호
등록일자 § 1999. 5. 31
어람번호 § 제1-2899호

주소 § 경기도 부천시 원미구 부일로 483번길 40 서경B/D 3F (우) 14640
전화 § 032-656-4452　팩스 § 032-656-4453
http://www.chungeoram.com
E-mail § chungeorambook@daum.net

ⓒ 요람, 2017

ISBN 979-11-04-91729-5 04810
ISBN 979-11-04-91580-2 (세트)

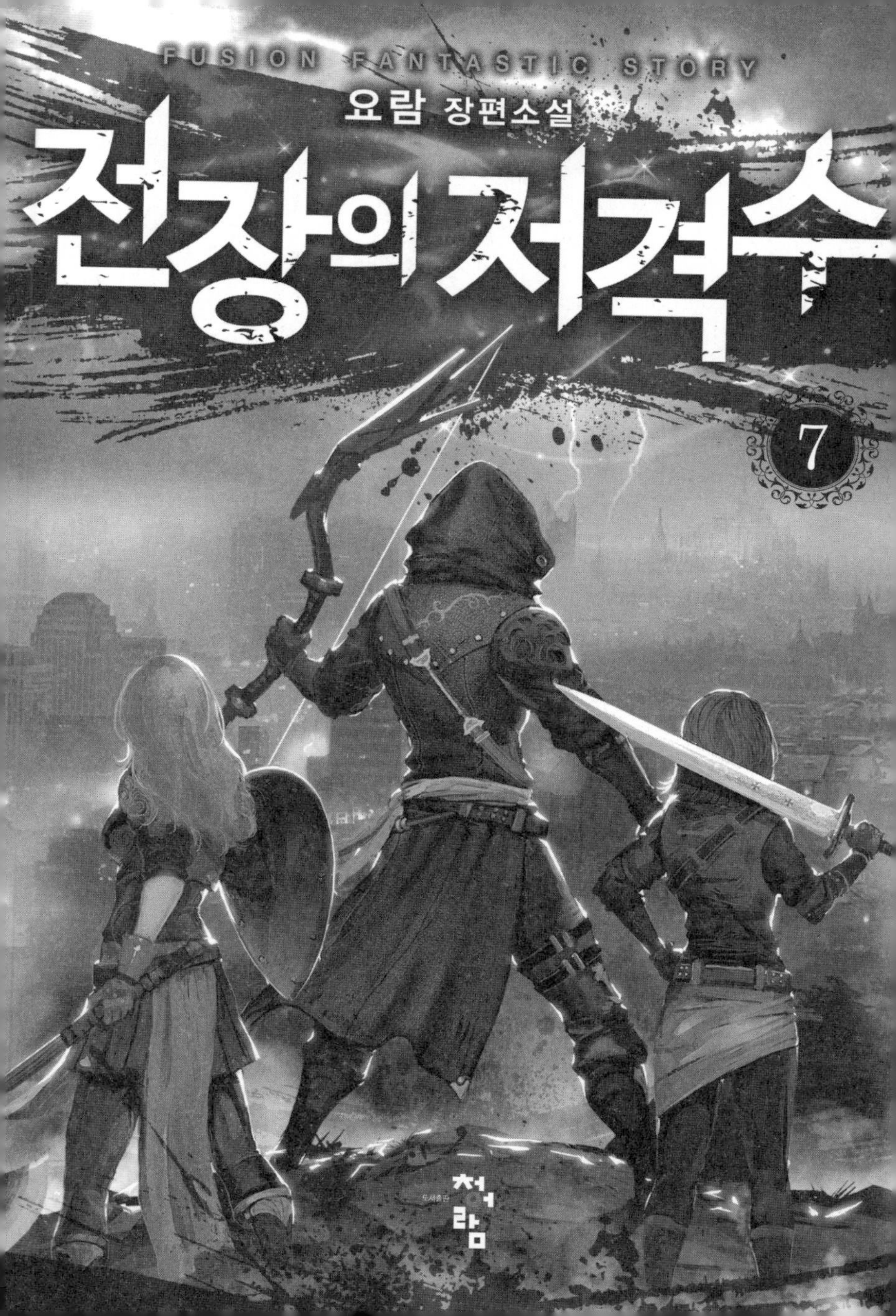
FUSION FANTASTIC STORY
요람 장편소설
전장의 저격수
7
도서출판
청람

전장의
저격수

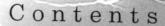

Contents

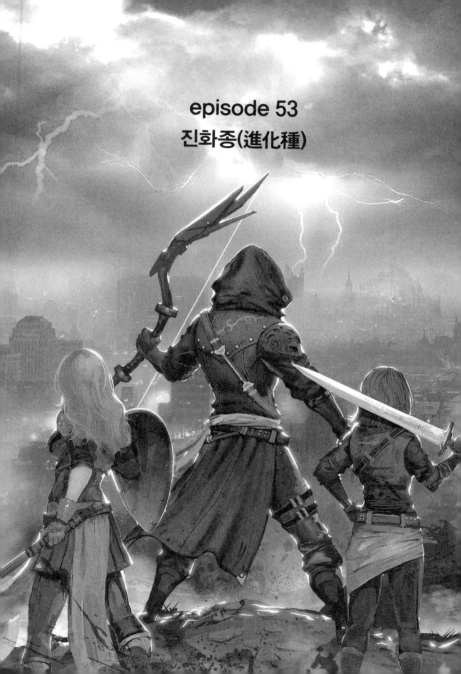

episode 53
진화종(進化種)

미스 발할라의 말로 싸한 분위기가 감돌자 석영은 한 걸음 물러났다. 그러면서 한지원의 기색을 살폈다. 그녀는 조용했다. 싸늘한 분위기를 내뿜기 시작하면서 침묵하자, 지영은 이 장면을 어디선가 본 것 같은 기시감을 느꼈다. 아니, 얼마 전에 이와 비슷한 일을 겪었다. 석영의 눈빛에 대해 나창미가 얘기했을 때 그녀가 어떤 사람을 언급했고, 그때 한지원은 지금과 똑같은 상황을 연출했다.

　　"어머, 실수했군. 오랜만에 보다 보니 무심코 나와 버렸네, 후후."

싱긋.

미스 발할라가 그렇게 웃으며 말하고는 '이어서 실례했군' 하고 짧게 사과를 했다. 그러자 한지원은 '후우……' 긴 한숨을 토해냈다. 그러곤 고개를 털고 미스 발할라를 바라봤다.

"미스 발할라, 우리는 동맹 관계잖아요? 제발 내가 그 동맹을 깨는 짓을 하지 않게 해줘요."

"주의하지."

한발 물러선 것 같지만 미스 발할라의 표정에는 여유가 있었다. 그녀의 사과는 정중하면서도 깔끔했다. 하지만 비굴함은 없었다. 힘을 가진 자에게서 나오는 전형적인 사과였다. 짝짝, 미스 발할라가 박수를 치고는 주의를 환기시켰다.

"이제 구출 작전을 시작해 볼까?"

사실 이렇게 떠들 때는 아니었다.

개미들은 물러갔고, 남은 것들은 다 죽였지만 아직 폐광의 사람들은 구하지 못했다. 석영은 한지원을 향해 말했다.

"저는 빠져서 쉬고 있겠습니다."

"네, 그러세요. 하지만 멀리 가지 말고 근처에 있어주세요. 혹시 개미들이 있을지도 모르니까."

"네."

석영이 그렇게 대답하고 뒤로 물러나자 아영이 '언니! 내가 있는데 뭘 조심해! 나 못 믿음? 응?' 이러면서 또 까불거렸다.

그리고 다시 꿀밤을 한 대 얻어맞고 악! 소릴 내며 주저앉았다. 그런 아영이를 보며 미스 발할라가 유쾌한 아가씨라며 웃자 주변 사람들이 다 같이 웃었다. 그걸 끝으로 석영은 숲으로 들어와 아까 이동 중에 봐둔 곳으로 움직였다. 앉기 좋은 크고 평평한 바위가 있고 작은 연못도 있던 곳이다.

"히잉, 아프당……."

이마를 문지르며 따라오던 아영이 징징거렸다.

"그러게 왜 거기서 또 까불어서는, 쯔쯔."

"그냥 분위기가 무거워서… 헤헤."

"적당히 해야지, 적당히."

"넵! 앞으로는 그러겠습니다!"

또 발음을 잔뜩 굴려 그러겠슴당! 이러는 아영이를 보며 석영은 그냥 고개를 절레절레 저었다. 30분쯤 걷자 오면서 본장소가 나왔다.

"와우!"

"좀 쉬고 있자. 한참 걸릴 것 같으니까."

"예압!"

아영이는 그렇게 상쾌한 대답 후, 겉에 입고 있던 갑주와 신발 등을 벗어 한쪽에 고이 모셔두곤 연못으로 뛰어들었다.

"으! 차가!"

한겨울의 러시아다.

안 그래도 추운데 맨살로 물에 들어갔으니 차가운 정도가 아니라 얼어붙을 정도일 것이다. 석영은 바위 위에 걸터앉아 담배를 꺼냈다. 치익. 지포 라이터의 특유의 기름 냄새와 함께 담배 끝이 붉게 물들었다.

"후우."

전투가 끝난 뒤의 여유로운 담배 한 모금이다. 담배를 피우면서 주변을 둘러보는 석영은 어떻게 피비린내 나는 숲속에 이런 곳이 있는지 참 신기했다. 아까 연못이라고 했지만 그건 지나가면서 봐서 잘못 짚었다. 연못이 아닌 아주 작은 개울 정도로 봐야 했다. 수로가 있어 물이 흐르고 있었기 때문이다. 그리고 바위가 뭉쳐 있는 곳에 작게 폭포가 형성되어 있었다. 이런 상황만 아니었다면, 정말 동화 같은 분위기가 났을 것이다.

"얍!"

그때 아영이 손으로 물을 모아 석영에게 뿌렸다. 하지만 이미 보고 있었던 석영은 그걸 고개만 들어 피했다.

"아, 진짜. 그럴 땐 그냥 맞고 '앗 차가워! 너 가만 안 둬!' 이러면 어디가 좀 덧나?"

"왜, 멜로 영화라도 찍게?"

"아잉, 뭐. 꼭 그러자는 건 아니고……. 헤헤, 기분이나 내자는 거지."

"됐다."

"칫, 무드 없긴……."

피식.

석영은 그 말에 실소를 흘렸다.

시도 때도 없이 자신의 감정을 매번 다르게 표현하는 아영이지만 석영은 그냥 그걸 받기만 할 뿐, 돌려주진 않았다. 어쩔 때는 좀 미안하긴 했지만 적어도 지금은 아니었다.

'이런 상황에 로맨스는 무슨…….'

하지만 아영이도 그걸 알 텐데 저렇게 해오는 걸 보면 참 징하다는 생각이 들었다.

"아, 좋다."

작은 돌 위에 걸터앉아 물장구를 치는 아영이를 보면서 석영은 그 말에 조금은 동의할 수 있겠다는 생각이 들었다. 멘탈 보정의 효과 때문에 그런지 이상하게도 마음이 차분했다. 여왕개미가 또 진화를 이룬 채 등장했지만 석영은 거기에 너무 몰두하지 않았다. 석영이 세상이 변한 뒤에 겪고, 느낀 것은 어차피 답이 안 나올 문제에 골머리를 썩지 말잔 것이었다. 싸워보면 안다.

석영은 자신의 무기가 여왕개미를 못 죽인다는 생각은 조금도 하지 않았다. 문제는 그 주변의 붉은 병정개미 호위대지만 그 정도는 한지원이 어떻게든 해줄 것이다. 그 정도도 해결 못

해줄 것 같았으면 애초에 그녀와 함께하지도 않았다. 석영은 다시 담배 하나를 꺼내 물었다. 치익, 불을 붙이고 높게 솟은 나무의 끝을 올려다봤다. 나이 많은 침엽수들이 멋진 수림(樹林)을 형성해 났다.

한국에서는 찾아볼 수 없을 정도로 커서 확실히 여기가 한국은 아니구나 하는 생각이 들었다.

"오빠, 언제쯤이면 끝날까?"

물장구를 치던 아영이의 말에 석영은 생각을 멈췄다.

"글쎄, 적어도 몇 달은 걸리지 않을까? 한 달이 넘었지만 아직 반도 못 잡았으니까."

반이 뭐냐, 솔직히 이제 개전 초기다.

언제 끝날지 감조차 잡히지 않는 상황이었다. 그래도 소득은 있었다. 전 세계의 모든 과학자를 포함해 전문가들이 나서서 여왕개미의 개체 수를 밝혀낸 것이다. 아니, 딱 이렇다! 할 수는 없지만 초소형 드론이 촬영한 영상을 매개로 빛 덩어리가 몬스터로 개화할 대 병정개미, 거대 병정개미와 다른 크기의 빛 덩어리들을 포착해 냈다. 그 수가 150개체가 조금 넘었다. 그리고 지금 한 달이 조금 넘은 상황에 연합군이 잡은 여왕개미가 3마리 정도고, 석영의 팀이 잡은 여왕개미가 10마리였다.

아마 지금쯤이면 어딘가에서 또 몇 마리가 잡혔을 수도 있다. 하지만 그래봐야 아직 남아 있는 놈들이 훨씬 많았다.

"여왕개미를 다 잡아야 끝나겠지?"

"그렇겠지. 이놈들은… 알을 낳으니까."

"썩을, 더러운 놈들이다, 진짜."

"어디 뭐, 이런 적이 한두 번이냐?"

"흐, 그건 그렇지."

그날, 유성우가 지구를 폭격한 이후 변한 세상에서 상식은 이미 반 넘게 사라졌다. 도저히 지구가 그동안 쌓아놓은 상식과 과학, 지식, 지혜 안에서 이 작금의 현실을 이해할 수가 없었다.

다른 세계와 연결된 문이 생겼고, 게임처럼 아이템이 생겼다. 그것만 생겼으면 좀 괜찮을 텐데 몬스터가 생겼고, 이 몬스터를 무수히 많이 소환하는 천공 수정이 생겼다. 이게 상식적인 일일까?

설마…….

이제는 자연스럽게 받아들이지만 초창기만 해도 난리도 아니었다. 지구 종말이라 부르짖으면서 범죄가 기승을 부렸고, 힘을 얻은 유저들이 미쳐 날뛰었다. 사회 시스템이 괴멸 직전까지 몰렸었다.

그나마 이 정도 회복된 것만 해도 다행이었다.

"오빠는 돌아가면 뭐 할 거야?"

아영의 질문에 다시 현실로 돌아온 석영.

"글쎄, 생각 안 해봤는데?"

"흐흐, 그럼 나랑 진하고 오붓하게……."

"됐다."

"말 다 안 끝냈거든?"

"들어봐야 뻔하지."

"이 오빠야가 아주 그냥, 매를 벌지!"

콘셉트가 또 바뀌었나?

석영이 피식 웃자 아영이도 피식 웃곤 다시 물장구를 쳐댔다. 시간은 그렇게 흘러갔다. 구조 작업은 어차피 오래 걸릴 테니 해가 질 때까지는 여유가 있었다. 석영은 가방에서 에너지바 하나를 꺼냈다.

이런 곳에서는 고열량 에너지바가 최고라는 한지원의 조언에 100개 가까이 가방에 쑤셔 박아 왔는데, 먹어본 결과 그녀의 말을 듣길 잘했다는 생각이 절로 들 정도로 효과가 좋았다.

"어, 나도!"

"너도 있잖아?"

"헤헤, 가방 두고 다니는 거 알면서. 거기까지 언제 갔다 와?"

"……."

움직임이 많은 그녀라 전투 때는 가방을 항상 베이스캠프에 두고 다녔다. 그걸 상기한 석영이 에너지바 하나를 더 꺼내 아영이에게 던졌다. 매처럼 그걸 낚아챈 아영은 맛있게 냠냠거리면서 하나를 뚝딱 해치웠다. 워낙에 작아 하나 다 먹는 데는 금방이었다. 움직임이 많으니 하나를 더 꺼내 아영이에게 던져주고, 석영도 하나를 더 까서 먹었다. 포만감은 금방 기분 좋은 수준으로 올라왔다.

막 물을 꺼내 입을 헹구는 순간이었다.

삐빅! 삐빅! 삐빅!

귓속으로 마법 통신이 들어왔다. 석영은 순간 멈칫했다가, '후우⋯⋯' 한숨을 내쉬었다. 그럼 그렇지, 하는 생각도 같이 들었다.

"에휴, 어째 좀 쉽게 끝났나 했다."

똑같이 통신을 받고 한숨을 내쉰 아영이 얼른 일어나 장비를 착용했다. 그러곤 방패와 투구까지 쓰고, 바위 뒤에 몸을 숨겼다. 이미 그 순간 석영도 활을 꺼내곤 다른 바위에 몸을 숨긴 뒤였다.

두 사람은 움직이지 않았다.

좀 전 신호는 대기 신호였다.

차량이 정차하고, 깜빡이가 껌뻑이는 것처럼 두음을 이용해 세 번 들어오는 건 현 자리에 대기하라고, 조를 새로 짰을 때 한지원이 정한 신호였다. 그래서 석영은 움직이지 않았다.

'하여간 조용히 넘어가는 날이 없지······.'

석영은 시위에 손가락을 걸어놓고, 눈을 감았다. 정신을 집중하기 위해서였다.

파스스스······.

바람이 나뭇잎을 이리저리 치고 지나다니는 소리가 가장 먼저 들렸다. 찌륵, 째액. 그리고 알 수 없는 곤충이나 새소리가 뒤이어 들렸고, 그 이후로는 아무것도 들리지 않았다. 그렇다고 감각에 뭔가 위험한 게 걸리지도 않았다.

석영은 감각을 믿는 편이었다.

'위험 징조는 없는데?'

그런데도 한지원은 신호를 보냈다.

석영은 이것도 무시하지 않았다. 철두철미한 그녀가 괜히 장난 한번 쳐보자고 이런 신호를 줬을 리는 없었다.

그래서 기다렸다. 10분 정도 지났을 때, 석영도 뭔가 이상 징후를 느끼기 시작했다.

'뭐냐······?'

한지원이 있는 쪽이 아닌, 자신의 전방 쪽에서부터 뭔가 다가오고 있었다. 육안으로는 아무것도 안 보였지만 석영의 진화한 감각은 분명 뭔가가 다가오고 있다는 신호를 보냈다. 긴장감이 조성됐고, 솜털이 뽀송뽀송하게 곤두서기 시작했다.

두드드득!

석영은 시위를 당겼다.

침엽수림의 어둠 속에서, 파괴적인 기운이 담긴 화살이 조용히 형성됐다. 아영의 시선도 이미 전방을 주시하고 있었다. 그녀의 감각도 날이 갈수록 예민해지고 있었다. 석영보다는 느리지만 그녀도 착실히 개화 과정을 거치고 있었다.

지잉!

구그그극!

가까이 왔는지 소리가 들려오기 시작했다.

석영은 눈살을 찌푸려 소리의 방향을 살폈다. 소리는 가깝지만 육안으로는 파악이 안 됐다.

푸드득!

그때 갑자기 개울 건너 수풀의 땅이 들썩거렸다. 그 순간 석영은 본능적으로 시위를 놨다.

쐐에에에엑!

솟구쳤던 화살이 갑자기 수직으로 꺾여 땅바닥을 파고들었다.

끼에에엑!

그리고 익숙한 개미의 비명이 흘러나왔다.

"하, 하하. 아하하……."

아영이 실성한 것처럼 웃음을 흘렸다.

그리고 그건 석영도 마찬가지였다.

"미쳤네, 진짜……."

지금 잘못 본 게 아니라면 개미는 땅을 파고 움직였다. 원래 개미가 땅속에서 사는 것 정도는 알고 있었다. 보통 나무 아니면 땅속이라는 것쯤은 초등학생쯤 되면 누구나 배운다.

"그래도 이건 아니지……."

땅을 파고 오다가 죽은 저놈은 분명 병정개미나 거대 병정개미일 것이다. 즉, 몬스터란 소리다.

"오빠."

"쉿."

아영이 불렀지만 일단은 조용히 하란 대답을 보냈다. 근질거리는 감각이 몇 개가 더 남아 있었다. 따로 생각해 볼 것도 없었다. 땅굴을 파면서 다가오는 놈들은 100% 몬스터다.

들썩!

집중한 석영의 시선에 작은 돌이 들썩이는 게 보였다. 아주 작은 돌이었지만 석영은 그걸 놓치지 않았다.

퉁!

슈아아악!

푹!

그리고 끼에엑! 몬스터의 고통에 찬 비명이 들렸다. 석영은 빠르게 다가오던 개미들을 잡아 족쳤다.

"아영아, 지원 씨와 합류하자."

"응."

상황이 상황인지라 아영은 작게 대답하곤 석영의 앞에서 천천히 후퇴를 시작했다. 그리고 이동하면서 계속 주변을 살폈다. 한지원에게 배운 대로 최대한 소리가 안 나는 보법을 밟으며 이동했지만 작게 소리가 나는 건 어쩔 수 없었다.

바삭!

아영의 발에 나뭇가지가 쪼개지는 소리가 천둥처럼 울려 퍼졌다. 원래는 극히 작은 소리인데도 숲 전체가 정적이 싸여 있으니 엄청나게 크게 들렸다. 이는 두 사람이 워낙에 예민해진 탓이지만, 지금은 그런 걸 느낄 겨를이 없었다.

아까 전에는 들리던 찌륵, 찌륵 거리던 소리도 완전히 멎었다. 숲속에 사는 곤충, 동물들도 느낀 것이다. 숲에서 지금 무슨 일이 벌어지고 있음을 말이다.

워낙에 천천히 이동하다 보니 30분간 왔던 거리가 그렇게 멀게 느껴졌다. 똑같이 30분을 이동했지만 겨우 반 정도 도착했을 때, 석영은 아영의 어깨를 툭툭 쳤다.

쉬었다 가자.

응.

석영의 신호에 아영이 적당한 나무 하나를 등지고 섰다. 석영도 아영의 앞에 자리를 잡았다. 더 이상의 신호는 없었다.

석영은 그게 좀 의문이었다. 벌써 40분이 넘게 지났는데 한지원이 조용하다는 건 분명 범상치 않은 일이 벌어졌다는 뜻이 되기 때문이다.

슥, 스윽.

아영이 나뭇가지로 바닥에 글자를 적었다.

─무슨 일 생긴 건 아니겠지?

잠시 아영이 쓴 글을 바라보던 석영은 고개를 저었다. 다른 사람도 아니고 한지원이다. 타천 활을 소유한 석영도 개인적으로는 그녀를 잡을 수 없다고 생각할 만큼, 인류 최종 병기나 다름없는 한지원이다.

석영은 절대 그런 일은 없을 거라고 봤다.

다만 지금은 그녀가 '침묵'할 수밖에 없는 범상치 않은 '이유'가 있을 거라고 봤다. 10분쯤 쉬고 나서 석영은 다시 일어났다. 숲이 너무나 고요하다 보니 별의별 생각이 다 들었다. 만약 멘탈 보정의 효과가 없었으면 심장이 브레이크가 고장 난 폭주 기관차처럼 날뛰었을 것이다. 사방을 살피며, 피곤하게, 그리고 끈질기게 이동한 끝에 석영은 다시 절벽에 도착했다.

한지원은 역시 무사했다. 하지만 숨을 죽이고 나무 뒤에 숨어 있었다. 그녀뿐만이 아니었다. 모든 대원들이 전부 나무 뒤에 숨어 총구를 하늘로 겨누고 있었다. 석영은 그 총구의 끝을 따라 시선을 옮겼다.

"……."

"……."

그리고 눈앞에 펼쳐진 광경에 입술을 꾸욱 깨물어야 했다.

땅굴을 파고 이동하는 개미가 생기더니, 이제는 하늘을 나는 개미도 생겼다. 붉은 병정개미들… 이것들이 하늘을 빼곡하게 메우고 있었다. 석영은 그 모습이 하도 어이가 없어 허, 하고 짧게 혀를 찼다.

명령 계통이 명확하게 생긴 것에 이어, 이제는 땅속에 숨는 능력과 비행 능력까지 갖췄다. 그래, 여왕개미야 원래 날개가 있고, 날 수 있는 건 알고 있다.

'하지만 그냥 일반 개미들은 아니지 않냐?'

이 기가 막힌 상황에 석영은 쓴 미소를 베어 물었다. 하지만 곧 침착함을 되찾았다. 멘탈 보정의 효과도 있었고, 하도 겪다 보니 어느새 내성도 생겼다. 이제는 그냥 그러려니, 하는 마음이 되어버렸다.

웅, 웅.

날갯짓 소리가 공명을 하고 있었다. 하늘을 날기 시작한 개미들은 각자 사방을 경계하듯, 다른 곳을 주시하고 있었다. 시각이야 많이 퇴화했지만 그래도 촉각이 좋은 놈들이었다.

'만약에 그 촉각으로 파장을 읽는다면?'

그리고 청각까지 되살아났다면? 석영은 제발 그런 상황은 아니기를 빌었다. 오감을 모두 사용하는 것들만큼 위험한 적은 없을 거라는 한지원의 말 때문이었다. 석영도 나무 하나를 잡고 몸을 낮췄다.

아영은 석영의 1m 옆 나무에 몸을 숨겼다.

석영은 좀 답답했다.

한지원이 아무런 말도 안 하고 조용히 있었기 때문이었다. 뭔가 상황을 알려줄 때가 됐는데도, 그녀는 현재 조용했다. 착 가라앉은 눈빛으로 전방의 하늘만 주시할 뿐, 이렇다 저렇다 할 아무런 제스처도 취하지 않고 있었다. 시간이 좀 더 지났다. 그때 작지만 쾅! 쫘작! 우드드득! 하는 소리가 연달아 들렸다.

석영은 그 소리에 흠칫했다.

아주 전형적인 철문 우그러지는 소리, 그리고 뜯겨 나가는 소리였기 때문이다. 그래서 이 대치 상황이 바로 이해가 갔다. 하늘에 떠 있는 저놈들은 경계조였다. 한지원의 팀이 움직이지 못하게 지키고 있는 놈들… 이란 소리였다. 그렇다면 아래는 분명 철문을 박살 내고 있는 다른 개미 새끼들이 있을 게 분명했다.

'여왕개미가 안 보여.'

안 보이는 이유는 둘 중 하나일 것이다.

아예 멀리 있던가, 아니면 절벽 아래쪽에 있던가. 석영은 후자라고 봤다.

꺄아아아…….

바람결에 여성의 비명이 실려 들어왔다.

"씨발……."

그 소리에 나창미가 나지막하게, 입술을 말아 깨물며 욕설을 내뱉었다. 최악의 소리였다.

구했을 거라 생각한 러시아 시민들이 뱉는 통곡의, 절망의, 비명 소리였다.

여성의 비명이 들린 이후에 바로 온갖 비명 소리가 섞여 흘러나오기 시작했다. 그 끔찍한 소리에 석영의 눈빛도 착 가라앉았다.

가라앉은 눈빛 속에 진홍색 불길이 일렁거리기 시작했다. 비유적인 표현이 아닌, 진짜로 불길 같은 빛이 머금어졌다. 세상이 쭈욱, 멀어졌다가 당겨졌다. '삐이이이' 귀에 이명이 들려오다가, 우뚝 멎었다.

으아악!

사, 살려줘!

꺄아아!

희미하게 들려오던 비명이 이제는 마치 눈앞에서 소리친 것처럼 크고 명확하게 들려왔다. 동시에 그 고통, 절망에 찬 비명 속에 스며들어 있던 감정들까지 적나라하게 느껴졌다. 석영은 그 비명들이 자신의 감정을 건드리기 시작했다는 것을 깨달았다. 그 건드림은 마치 털붓으로 살살 간질이는 것 같았다. 터치는 미약하나, 자극은 굉장히 자극적인…… 딱 그런 건드림이었다.

푸드득!

활을 쥔 손에 힘이 잔뜩 들어가기 시작했다. 감정에 변화가 오고, 몸에 힘까지 들어가자 석영의 몸에서 다시 감정이 섞인 기세가 조금씩 풍겨나기 시작했다.

휙휙!

그걸 느낀 사람들의 시선이 석영에게 바로 몰려들기 시작했다.

"하아……."

한지원의 한숨이 들려왔다.

그러나 석영은 돌아보지 않았다.

석영은 고민하고 있었다.

이성은 분명, 지금 나선다고 해도 늦었다고 말하고 있었다. 그러나 감성이 저걸 지켜보기만 할 거냐고, 그렇게 묻고 있었다. 석영은 이성과 감성이 속삭임에서 줄다리기를 하며 갈등하고 있었다.

꾸욱, 툭!

깨물고 있던 입술이 결국 터졌다.

비릿한 피 맛이 혀끝에 닿는 순간 석영은 갈등을 끝냈다.

'그래, 이번만큼은 본능을 따라주자.'

씨익.

결정이 나자, 행동은 즉각 나왔다.

두드드득!

"석영 씨."

시위를 당기는 순간 한지원의 속삭이듯 날린 목소리가 귓속으로 쏙 들어왔다. 하지만 석영은 멈추지 않았다. 순식간에 시위에 화살 세 대가 걸렸다. 그리고 두께를 불려 나갔다.

"아영아."

"예에, 오라버니. 소녀를 부르셨사와요?"

또 바뀌었다.

하지만 지금은 상관없었다.

번들거리면서 씩 웃고 있는 아영이의 눈빛이 참 마음에 들었기 때문이다.

"잘 부탁한다."

"걱정 마시옵소서."

엄지를 척 내밀며 나온 아영이의 대답에 이번만큼은 석영도 미소로 답해줬다. 한지원의 급한 부름이 다시 들려왔다.

"석영 씨! 잠······!"

"이번만큼은 내 마음대로 하겠습니다. 다들 빠지세요."

스윽.

그 대답과 동시에 석영은 바로 몸을 일으켰다.

그러자 아영이 잽싸게 석영의 앞쪽에 무릎을 꿇으며 대기했다.

시위를 놓기 전 석영은 다시 한번 경고를 했다.

"고개 숙이는 게 좋을 겁니다. 좀 요란할 테니······."

그 말을 끝으로 석영은 시위를 났다.

의지는 이미 충분할 만큼 부여했다.

그래서 입가에 그려진 미소는 잔인하고, 또 잔인했다.

투웅.

평소의 둔중한 소리가 아닌, 맑고 명쾌한 소리가 났다.

슈아아악!

세 발의 무형 화살은 순식간에 공간을 격하고 쏘아져 나갔다. 익스플로젼? 트리플? 셋 다 아니었다.

석영이 보면서 느낀 다른 기술. 의지를 강력하게 부여해서 또 하나의 스킬을 만들어냈다.

대인장애물(Antipersonnel Obstacle, 對人障碍物).

크레모어(Claymore)다.

이게 가능한가?

익스플로젼도 됐다.

그것도 폭발 형태였지만 이제는 마음만 먹으면 가능하다. 지금은? 지금도 마찬가지였다. 안 될 거라는 생각은 조금도 하지 않았다.

'지금!'

콰앙!

석영의 의지가 먹혀 들어가는 순간, 화살 세 발이 일제히 터졌다. 그리고 폭발로 인해 생긴 잔재들이 전방을 향해 그대로 분사(噴射)됐다. 그 모습은 장관이었다. 새까만 빛줄기가 마치 폭죽처럼 터져 나가며 전방을 향해 이차 가속을 받아 순식간에 하늘에 떠 있는 개미 새끼들을 덮쳤다.

타천활의 한 방은 강력하다.

지금까지 그 어떤 몬스터도 한 방을 견디지 못했다. 그리고 그건 이번에도 마찬가지였다. 보스 몬스터도 아닌 일개 잡병 정도인 몬스터가 타천 활의 한 방을 막을 수 있을 리가 없다고 석영은 생각했다. 그리고 그 생각대로 하늘에 떠 있던 백에 가깝던 비행 개미들이 이렇다 할 대응도 못 하고 타천 활의 파편에 꿰뚫려 버렸다.

위잉, 위잉 거리던 날갯짓 소리가 서서히 멎어갔다. 그리고 소리가 아예 멎었을 때, 60이 넘는 개미의 시체가 바닥으로 떨어지기 시작했다. 넓게 포진하고 있어 전체를 정리하진 못

했지만 단방에 반수 이상을 줄인 것만 해도 굉장히 대단한 선 방이었다.

"와우……."

나창미의 탄성이 들리고, '하아……' 한지원의 한숨이 뒤따라왔다. 석영은 새로운 스킬의 개발로 인한 후폭풍이 찾아와 지끈거리는 골에 눈살을 찌푸렸다. 하지만 입만큼은 웃고 있었다.

투슝……!

퍼격!

바렛의 둔탁한 소리와 함께 끼엑! 개미 하나의 비명 소리가 들렸다. 누가 쐈나 싶어 고개를 돌려보니 한지원의 총에서 연기가 모락모락 나고 있었다. 슬라이드를 당겨 탄을 정리한 그녀는 석영을 돌아보며 피식 웃었다.

다행히 그 웃음에 불쾌한 감정 따위는 조금도 들어가 있지 않았다.

"뭐, 어차피 석영 씨가 판 다 깔아놨으니, 맛있게 먹기나 해야겠네요. 얘들아, 정리하자."

한지원은 씩 웃고는 그렇게 말했고, 그 말에 석영은 전의(戰意)가 뭔지, 투기(鬪氣)가 뭔지, 아주 제대로 느낄 수 있었다.

이들도 마찬가지였다.

한지원이 대기 명령을 내렸지만 절벽 아래에서 들려오는 비명 소리에 감정이 들끓고 있었다. 석영만 이 상황에 분노를 느낀 게 아니었단 소리다. 그런데 석영이 한 번에 반수 이상을 사살해 버리자 한지원의 마음이 돌아섰다.

그래, 이해한다.

지휘관은 확실하지 않으면 전투를 삼가야 하는 법이었다. 적의 전력도 제대로 모르는데 들이받는 건 휘하 부대원들을 전부 죽음의 구렁텅이로 밀어 넣는 것과 다를 게 하나도 없었다. 따라서 비행 몬스터의 능력이 어느 정도인지 모르는지라 전투 금지를 명한 한지원의 선택은 정당했다.

러시아의 시민도 중요하지만 더 중요한 건 자신, 그리고 동료들의 목숨이니 말이다. 하지만 지금 석영이 보여준 한 수에 상황이 변해 버렸다.

"석영 씨!"

"네."

"한 방 더 가능?"

"가능은 합니다."

"오케이… 스탠바이해 주세요."

"네."

한지원의 부탁에 석영은 아직 골이 좀 지끈거렸지만 군말 없이 고개를 끄덕였다. 끼에엑! 석영이 다시 시위에 손을 거는 순간 비행 개미 다섯 마리가 석영을 향해 돌격했다. 비행 속도는 빨랐다. 시중에 판매하는 드론의 속도 정도는 충분히 나오는 것 같았다.

쉬엑! 쉬엑! 이상한 소리를 내며 달려들었지만 석영의 앞에는 그녀가 있었다. 전투 민족 김아영이 말이다.

"어머나? 이 날벌레 새끼들이 감히 어딜!"

그녀의 손에 들린 방패, 그리고 오거엑스가 빛을 품기 시작했다.

"합!"

타이밍에 딱 맞춰 돌진, 그리고 그대로 방패로 차징을 먹었다.

터엉……!

처음 여왕개미를 잡고 그녀가 새롭게 얻은 스킬이 발동됐다.

우웅! 우웅!

방패가 개미의 머리통을 갈긴 직후 터진 스킬에 공기가 진동하는 소리가 들렸다. 그리고 스킬의 효과가 나타나면서 석영에게 달려들던 개미들이 주춤했다.

"왜, 나는 만만해 보였니?"

히죽 웃은 아영이 오른 손에 쥐고 있던 도끼를 스윽 들어 올려, 옆으로 이동하면서 그대로 내려찍었다.

서걱!

부들부들 떨던 개미의 목과 몸통 연결 부위에 떨어졌고, 도끼는 그대로 개미의 목을 잘라 버렸다.

진녹색 체액이 훅 튀었지만 아영은 피하지 않았다. 그러기엔 그 뒤에서 스턴에 걸려 있는 놈들이 너무 맛깔나게 보였다.

다시 한번 히죽 웃은 아영이 그대로 몸을 날렸다.

투슝! 맨 뒤에 있던 개미의 눈알에 바렛의 총탄이 틀어박혔고, 그대로 터졌다. 퍼엉! 소리와 함께 머리가 터져 나가는 순간, 아영의 재차 휘두른 도끼가 두 번째 재물을 찾아 떨어졌다.

서걱!

역시 서늘한 절삭음과 함께 개미가 떨어졌다.

"음머! 띠링 소리 울렸음!"

피식.

좋아죽겠다는 아영의 목소리에 전 대원들이 피식 웃는 소리가 들렸다. 그게 시작이었다. 투슝! 투슝! 자리를 잡고 있던 대원들이 하늘에 떠서 선회를 하며 회피 기동 중인 개미들에게 정밀 사격을 가했다.

깡! 까강!

외피에 부딪친 탄은 그대로 튕겨 나간 뒤에 허무하게 공중에서 터졌다. 하지만 급소 부위, 눈이나 입을 포함한 관절 이

음새에 박힌 탄은 그 즉시 장렬한 폭발을 일으켰다.

끼에엑!

개미들이 일제히 달려들기 시작했다.

붉은 눈동자에 깃든 맹목적인 살의를 보면 오금이 저려야 정상이나, 석영에게는 아니었다.

"언니! 석영 씨!"

한지원이 손등을 덮을 정도의 작은 방패를 착용한 뒤에 달려 나오며 석영을 불렀다. 그 부름은 호출이자 신호였다. 나창미가 한지원의 부름에 튀어 나오는 순간, 석영은 당겨놨던 시위를 놨다.

투웅!

이번엔 두통을 생각해서 한 발이었다.

하지만 정면으로 몰려드는 놈들을 향해 비스듬히 사선으로 쏴버렸다. 트레킹이 걸린 화살이 수직으로 꺾여 옆으로 짓이겨 들어갔고, 석영의 의지에 맞춰 폭발을 일으켰다.

파가가가가각!

끼에에엑!

"나이스! 저격조 지원! 언니! 언니는 나랑 아영이랑 같이 이 개미 새끼들 숲으로 못 들어가게 막자!"

"오케이, 라져!"

두 번이나 대답한 나창미가 진득한 웃음을 배어 물었다. 정신에 문제가 있는 그녀라, 그녀의 웃음은 지독한 살기가 머물러 있었다. 하지만 이곳은 전장. 살의(殺意)는 기본 옵션이나 다름없었다.

명령이 떨어졌으니, 저격조가 나섰다.

이 부대가 참 재미난 게 대원 한 명, 한 명이 전부 어떤 보직도 수행할 수 있는 능력을 갖추고 있다는 점이었다.

척후, 탐색, 폭발물 설치, 제거, 저격, 통신, 근접, 암살은 물론 고등 의료 기술에, 때에 따라 전원 지휘관으로서 작전 수행이 가능했다. 이런 부대는 들어본 적도 없었다. 하지만 눈앞에 있었다. 22명의 대원들이 전원 바렛을 땅에 박아두고, 개미들의 후방부터 저격하기 시작했다. 투숑! 투숑!

바렛 특유의 총성 소리가 전장을 가득 메우기 시작했고, 달려들던 개미들의 비명 가득한 발악이 펼쳐졌다.

맞으면서도 끈덕지게 달려들었지만 절벽 앞에 나선 세 사람은 이미 인간을 벗어난 초인(超人)들이었다.

특히 그중 한지원은 탈(脫) 지구급이었다.

인간의 몸으로 저런 움직임이 대체 어떻게 가능한가 싶을 정도의 의문이 드는 살상 능력을 보여준다.

서걱, 서걱.

휘두르는 앞발을 피한 다음, 낫처럼 생긴 부분이 시작 지점을 손에 쥔 검으로 긋자 아주 깔끔하게 떨어져 나갔다. 그 다음은 바로 눈이었다. 몸을 띄워 눈동자를 베고 땅에 안착하기 무섭게 투슝! 갈라진 상처로 탄이 박혔다.

푸웅!

안에서 터진 탄에 개미의 머리가 부풀었다가, 쭈글쭈글 쪼그라들었다. 안에서의 폭발이 뇌부터 시작해 머릿속 모든 장치들을 곤죽으로 만들어 버렸기 때문이다. 타앙! 나창미가 근거리에서 쏜 권총의 탄이 개미의 눈을 다시 맞췄다.

"어라, 얘는 구경이 딸려 그런가, 한 방에 안 뚫리네? 그럼 뭐… 뚫릴 때까지 쏴줘야지, 후후."

탕! 탕! 타앙!

발광하는 개미를 피하면서 연달아 먹인 탄에 결국 눈동자가 터지면서 진액이 비산했다.

투슝!

그리고 다시 저격수의 탄이 눈앞에 박혀 들어갔다.

펑!

이번엔 풍선처럼 머리가 터져 나갔다.

"음마."

나창미는 비산하는 파편에 맞기 싫은지 몸을 웅크리고 얼른 그 자리를 벗어났다. 그녀의 전투는 장난기가 있었다.

"욥!"

아영이도 마찬가지였다.

한지원과 나창미의 합류로 생긴 여유 때문에 그녀는 개미 두 마리를 가지고 놀고 있었다. 비행하고 있지만 그 정도는 충분히 따라갈 수 있는 동체 시력과 육체 속도를 갖추고 있었다. 아니, 따라가는 정도가 아니라 넘어섰다.

쉭!

서걱!

끼에엑!

"아니 뭔 개미 주제에 돼지처럼 쳐울어?"

아영은 진심으로 궁금한지 떨어진 앞발을 툭 걷어찬 다음 혼잣말로 중얼거렸다. 석영은 그런 아영이를 보면서 그런 건 나중에 궁금해하면 안 되냐고 말해줄 뻔했다. 석영도 지원에 나섰다. 골이 지끈거리지만 저 아래에 있을 여왕개미를 보다 빠르게 족치고 싶었기 때문이다.

'뭐 네가 얼마나 대단하다고 그 개지랄을 떠는지 모르겠는데… 넌 오늘 뒤졌어.'

석영은 아주 오랜만에 확실한 살의(殺意)를 품었다.

뉴욕에서 민간인을 강간하던 몬스터 이후로는 지금이 처음이었다. 석영은 직감적으로 알고 있었다. 저 폐광 속 시민들은 이미 늦었다고. 그 예로 지금은 비명 소리가 들리지도 않았다. 그건 이미 100명에 가까운 시민들의 목숨이 끝장났다는 걸 뜻했다. 구하지 못한 건 어쩔 수 없었다.

하지만 그렇다고 실의에 빠져 이곳에서 그만둘 생각은 없었다. 못 구한 대신, 넋이라도 대신 기려줄 생각이었다.

아주 확실하게 말이다.

석영의 저격이 좀 더 빨라졌다.

새까만 빗줄기가 꽃처럼 피었다가, 꺼졌다. 그럴 때마다 비명도 피었다가 꺼졌고, 하나씩 사라져 갔다.

저격이 빨라질수록 지끈거리는 두통도 점차 간격이 짧아지고, 강도도 세졌지만 석영은 이번엔 멈추지 않았다.

순식간에 반이 넘는 몬스터가 석영의 저격에 땅으로 추락했다.

끼아아아……!

통곡과도 비슷한 괴음이 울렸다.

지금까지 개미들이 내뱉었던 괴성들과는 확실히 다른 소리였다.

"뒤로 빠져요!"

후웅!

한지원이 그렇게 외치는 순간 바로 이어서 공기가 진동하는 소리가 들려왔다.

우웅! 후웅! 진동은 점차 커졌다.

끼아아악!

영화에 나오는 괴수의 괴성과 아주 흡사한 소리가 다시 들렸다. 그리고 마치 헬리콥터처럼 개미가 절벽 아래에서 날아올라 모습을 드러냈다. 피가 잔뜩 섞인 침을 줄줄 흘리는 여왕개미의 위압감은 엄청났다.

날갯짓의 여파에 밀려오는 바람에 석영은 눈살을 찌푸리고 뒤로 일단 물러났다.

천천히 한 발자국씩, 그러면서도 시위는 이미 당기고 있었다. 새까만 시위에 맺히는 거대한 한 발에 여왕개미의 시선이 스르륵 돌아와서 멎었다.

끼아악!

고개를 틀어대며 석영에게 다시 악을 썼다. 여왕개미는 아는 것 같았다. 지금 이 학살의 주역이 석영임을 말이다.

"무슨 까마귀 새끼도 아니고… 자꾸 깍깍거려, 짜증나게."

아영이 석영과 여왕개미의 사이를 비스듬히 가로막으며 짜증을 냈다. 진녹색 체액이 가득 묻은 도끼를 손에 꼬나 쥐고 있어 그런지 아영의 모습은 엄청 사나웠다.

우웅!

우웅!

여왕개미들 옆으로 다른 개미들도 떠오르기 시작했다.

"땅굴을 파는 걸로도 모자라 이제는 난다 이거지……? 근데 난가 긴다 해도… 하늘 위엔 하늘이 있는 법이란다. 이 태어난 지 일 년도 안 된 개 베이비들아……."

히죽 웃은 아영이 달려드는 붉은 병정개미에게 그대로 쇼크 차징을 먹였다.

터엉!

북 치는 소리와 함께 달려들던 개미의 고개가 훅 젖혀졌다. 그리고 젖혀진 머리를 아영이 허리를 비틀며 휘두른 오거액스가 서걱! 깔끔한 소음을 일으키며 잘라 버렸다. 튀는 피를 그대로 맞으며 다시 두 걸음 뒤로 빠진 아영이 씩 웃었다.

"개미 새끼들이 덩치가 커지고 날고 기어봐야 개미 새끼지. 어디 하등한 것들이……."

아영이의 종족 차별적인 발언에 옆에 있던 나창미가 피식 웃으며 그 말을 받았다.

"동생, 오랜만에 아주 속 시원한 말을 하네? 맞아, 개미 새끼가 날고 기어봐야… 개미 새끼지, 후후."

타앙!

허리춤에 걸어놨던 글록을 꺼내 그대로 타앙! 여왕개미를 향해 쐈다. 하지만 그 탄은 팅! 소리를 내며 허무하게 튕겨 나갔다. 그래도 나창미는 별로 신경 쓰는 기색이 아니었다. 어차피 권총질 한 방에 죽지 않을 거라는 걸 알고 있었기 때문이다.

"오빠, 정리하자. 슬슬 지친다."

아주 짧은 시간이었지만 석영도 스킬을 연달아 썼고, 아영도 석영을 지키며 스킬을 남발했기 때문에 둘의 상태는 그리 좋지 않았다. 게다가 감정적으로 움직였기 때문에 근육이 제대로 풀리지 않았고, 결국 찌릿한 통증까지 오는 상태였다. 그러니 더 이상의 대치는 시간 낭비, 감정 낭비였다.

어차피 여왕개미가 명령을 내리는 걸 테니, 저놈만 잡으면 이 상황은 종결이다. 석영은 활을 하늘로 겨눴다.

끼이…….

그러자 대번에 여왕개미에게서 신호가 왔다. 날갯짓이 웅웅! 좀 더 격렬해진 것이다. 그리고 몸까지 들썩거리면서 언제고 움직일 준비를 하는 것 같았다. 하지만 석영은 걱정하지 않았다. 타천 활은 석영을 무적(無敵)의 저격수로 만들어준 신의 무구다. 한낮 개미 새끼가 막을 수 있을 거란 생각은 조금도 하지 않았다.

"막을 수 있으면 한번 막아봐라."

퉁!

쏘아진 화살이 이제 어둑해지는 하늘로 솟구쳤다.

그리고 구름을 뚫고 사라졌다고 생각된 순간, 개미의 시선이 하늘에서 다시 석영에게로 넘어왔다.

피식.

"날 보면 안 되지……."

쇄애애애액!

끼익?

"끼익은 무슨 끼익? 빽킹이다, 개새꺄."

아영이 여왕개미의 반응에 답하는 순간 벼락처럼 화살이 내리꽂혔다. 그리고 우르릉! 콰앙! 타락 천사의 심판까지 같이 연타로 터졌다. 까맣게 구워진 여왕개미의 움직임이 그 순간 모두 멎었다.

그리고 뚝 땅바닥으로 처박히면서 띠링! 띠링! 소리가 석영의 뇌리로 울려 퍼졌다. 여왕개미가 사라지자 하늘을 날던 몬스터들에게 일순간 패닉이 왔는지 고개들을 갸웃거렸다.

"고생했어요, 석영 씨. 이젠 우리한테 맡겨요. 얘들아, 정리하자."

한지원이 그렇게 말하며 전면으로 나섰고, 석영이 물러나는 순간 여왕을 잃은 개미들의 마지막 발악이 시작됐다.

episode 54
대반전

1월.

새해가 밝았다.

보통 1월 1일은 웃음이 흘러나와야 하는 날이었다. 새해를 알리는 종이 뎅뎅 울었지만 '와아!' 하는 환호는 없었다.

이런 날을 크게 기리는 대한민국도 넓은 광장에 모여 촛불을 켜고, 기도했다.

올 한 해는 건강하게 해주세요. 이런 기도를 하는 것도 아니었다.

부디, 먼 동토의 대지에서 벌어지고 있는 전쟁에서 인간이

이기게 해주세요.

이런 기도였다.

이 기도는 이기적이기도 했지만 인도적이기도 했다.

러시아 시민을 걱정하는 마음도 섞여 있었고, 부디 그곳에서 정리가 되어주었으면 하는 마음도 같이 섞여 있었다.

그래서 전 세계 시민들은 새해가 밝았음에도 환호하지 않았다.

그 대신 자신들이 믿는 종교에 의지해 한마음으로 기도했다.

신은 과연 그 기도를 들어줄까?

세상이 어지러워질수록 종교에 귀의하는 사람들의 수는 늘어갔지만 아주 솔직히 말하자면 정신적인 안정을 빼고는 나아진 게 하나도 없었다.

러시아.

동토의 땅.

개전 후 세 달째가 되어가고 있는 지금도 지옥인 곳.

아프리카의 모든 빈곤 국가도 러시아보다는 모두 사정이 나을 것이다.

3차는 격렬했다.

생존 전쟁이란 단어가 붙었을 만큼 피 터지는 전쟁이 벌어지고 있었다.

한국, 중국, 일본을 포함한 1차 소환은 비교적 쉽게 정리할수 있었다.

유저 수가 적었던 일본은 심각한 타격을 입었다. 최악의 상황으로 치달아 결국 지대지 미사일까지 날려 버려 도심이 쑥대밭이 된 곳이 한두 곳이 아니었다.

중국은 인해전술로 밀어붙였다.

한국은 엄청난 유저 수를 자랑하는 국가답게 순식간에 정리를 끝냈다.

물론 그래도 숲으로 산으로 도망친 고블린들 때문에 몇 달은 걸렸지만 인명 피해는 최고로 적었다.

2차, 미국 소환 때도 마찬가지였다.

미국 서부 세 개의 대도시가 도시로서의 기능을 잃었지만 그래도 비정규 특수군이 투입되어 오벨리스크를 부숴 통신 기능을 되살리면서 서부 지방 일부만 피해를 입는 선에서 끝났다.

그런데 3차 러시아 소환은 1차와 2차와는 완전히 달랐다.

한 국가의 영토 내 전역에 떨어졌고, 오벨리스크의 수가 어마무시해서 거의 모든 통신이 박살 나버렸다.

최초 소환된 개미만 해도 추정이 불가능할 정도인데 여왕개미라는 얼토당토않은 새로운 몬스터가 알을 낳고, 그 알이 부화까지 하는 개 같은 상황이 벌어졌다.

오벨리스크를 지키는 보스 몬스터의 부재는 그나마 다행이
지만, 여왕개미가 더 지랄 맞을 거라는 의견이 팽배했다.

상황은 최악이었지만 처음으로 인류는 한마음으로 힘을 합
쳤다. 소환 전에는 그렇게 서로 치고받고 싸웠던 나라들이 지
금은 모두 러시아의 생존 전쟁에 힘을 보탰다.

그 결과, 전쟁은 조금씩 인류 연합군 쪽으로 기울어가고 있
었다.

몬스터는 진화한다.

하지만 인간도 진화를 했다.

뼈저린 패배를 맛보면 그걸 교훈 삼아 반드시 새로운 전
략을, 무기를 만들어냈다. 그 와중에 새롭게 급부상한 게,
EMP(Electromagnetic Pulse Bomb)탄이었다. 폭발 시 생기는
강한 전자기파로 레이더와 항공기 방공 시스템 등 전자 생산
기반 전반을 무력화시키는 무기를 결국은 미국이 개발에 성공
했고, 테스트 겸, 실전에 써먹기 위해 곧바로 현지로 이동됐다.
사실 이 EMP 탄은 미국은 물론 세계 군사 강국들이 전부 개
발하고 있는 무기였다. 만약 세상이 이렇게 변하지만 않았다면
미래전의 승패는 제공권 장악이 엄청나게 중요해지기 때문이
다. 그래서 다들 개발하고 있는 전략 무기 중 하나였다.

이렇게 미국에서 만들어진 EMP 탄이 러시아로 무사히 수송
됐지만 사실 처음에는 이게 통할지 말지에 대한 확신은 없었

다. 단지 지금은 뭐라도 써봐야 했기 때문에 시도에 들어갔다. 최초로 실험에 사용된 탄은 가장 반경이 적은 5㎞ 탄이었다.

효과는 엄청났다.

감각 계통이 예민한 개미들은 강력한 전자기 폭풍에 그대로 벼락이라도 맞은 것처럼 굳어버렸다. 개중 가장 근거리서 직격탄을 맞은 개미들은 뇌가 곤죽이 됐는지 눈, 입으로 진녹색 체액을 터뜨리며 그 자리서 즉사했다.

이건 혁명이었다.

전선에 혁명을 가져올 엄청난 성과였으며, 동시에 모든 전략을 수정하게 만들 거대한 성과였다.

실험 결과가 터무니없이 좋게 나오자, 미국은 극적인 선택을 내렸다. 5㎞, 7㎞, 10㎞ 탄 설계도를 국방 기술력이 되는 모든 국가에 무상으로 뿌려 버렸다. 말 그대로 무상(無償)이다. 군 기술에 그리 까다로운 미국이 내린 유례없는 결정은 현 난국을 타개할 신의 한 수가 될 것이라 전 세계 언론이 극찬을 했다.

기술력 깡패 독일을 선두로 모든 국가들이 EMP 탄 제조에 들어갔고, 그렇게 전선은 다시금 새로운 전황을 맞이했다.

*　　　　　*　　　　　*

EMP 탄의 실험 과정과 효과는 서부 전선을 휩쓸고 다니던 석영에게도 전해졌다.

"요지경 세상이네. 게임에서나 보던 무기가 실제로 나오고."

"그래도 먹히는 게 어디야? 이걸로 우리 싸움도 좀 편해지지 않을까?"

한낮에 또 협곡으로 몰아넣어 학살하는 전투 아닌 전투를 끝내고 나무둥지에 등을 기대고 쉬고 있었다.

그날 이후, 전투 양상은 많이 변했다.

한지원은 결코 전면전을 펼치지 않았다. 모든 작전이 은밀하게 이루어졌다. 최소가 막강한 화력을 이용한 기습이었다. 날아다니고, 땅을 파고 다니지만 대단하게도 이들은 석영이 느끼고 나서 얼마 지나지 않아 대원 개개인이 전부 느꼈다. 이러다 보니 석영에게 가는 부담이 엄청 줄어들었다.

땅을 파고 와도 소용이 없고, 하늘을 날아 와도 소용이 없었다. 한지원이 집요하게 평야가 아닌 숲을 택했기 때문이다. 숲은 나무가 있으니 충분한 가림막이 되어주었고, 숲이라고요해서 땅의 진동도 잘 전달이 됐다.

그러니 공수(攻守), 휴식까지 전부 원활하게 진행할 수 있었다. 석영은 러시아에 이렇게 많은 숲이 있는지 처음 알았다.

동토의 대지라는 인식이 있어 넓은 광야만 펼쳐져 있을 줄 알았는데, 숲도 장난 아니게 넓고 많았다.

덕분에 그런 러시아의 자연이 석영에게는 지금 최고의 무기이자, 방패가 되어주고 있었다.

"오빠."

"응?"

"이러다가 레일 건도 나오겠다."

피식.

레일 건은 아마 나왔을 거다.

이미 예전부터 실험 영상이 떠돌던 게 레일 건이다. 하지만 막대한 전력 에너지 소모 때문에 실전 배치가 차일피일 미뤄지고 있었다. 정확한 입장 표명은 안 했지만 미국은 아마 레일 건의 실전 배치를 포기하지 않았을 것이라 석영은 생각했다.

"나올 거야. 아직 꺼내지 않은 것뿐이지."

효율성?

그딴 건 이미 개나 줘버려야 하는 상황이 됐다.

효율 따지다가 국가가 망할 위기에 처할 게 분명하기 때문이다. 이럴 때 옛날에 쓰던 말이 있다.

"그치? 아끼다 똥 되기 전에 꺼내겠지?"

그래, 이 말이다.

석영은 아영이의 말에 고개를 끄덕였다.

"그렇겠지. 안 쓰고는 못 배기는 날이 오면 반드시 쓸걸."

레일 건은 엄청난 추진 운동에너지로 직선 경로상의 적을 파괴하는 무기다. 다만 여기에 엄청난 전기가 들어간다. 미국도 그래서 실전 배치를 미루고 있었다. 또한 한 번 써버리면 발사대가 박살 나는 것도 문제였다.

한 방 쏘는 건 가능하지만, 재발사와 전력 보충이 결국 문제란 소리였다. 하지만 지금은 그런 걸 따질 겨를이 아니었다.

그냥 일직선상의 몬스터를 쓸어버릴 수 있다면, 레일 건도 아주 훌륭한 무기가 될 것이다. 다만 미국은 EMP 탄은 꺼냈고, 레일 건은 아꼈다. 이유야 모르지만 분명 뭔가 속내가 따로 있을 것이라 국제 정세에 무지한 석영도 대충 유추할 수 있었다.

"그런가. 에휴, 모르겠다."

아영은 슬슬 지치는 것 같았다.

추위야 슈트 때문에 아무런 문제가 없지만 계속된 긴장이 그녀를 지치게 만들고 있었다. 그런데 이건 석영도 마찬가지였다. 이 정도의 긴장을 유지한 채로 한 달 이상을 지내본 적이 없었기 때문이다.

그런데 벌써 두 달을 넘기고 있었다.

매일이 긴장의 연속이고, 하루라도 조용히 넘어가는 날이 드물다 보니 천하의 석영도 슬슬 지쳐가기 시작했다.

특수 작전에 문외한인 석영이 생각하기에도 지금 현재는 그다지 좋은 상황이 아니었다. 이러한 긴장의 연속은 결국 나중에 위험한 일이 있을 때 제대로 된 대처를 못 하게 발목을 잡을 것이라는 걱정이 조금씩 생겨나는 중이었다.

아직은 그런 것들이 수면 위로 부상하진 않았지만, 이 상태가 유지된다면 언제고 터질 게 분명했다. 그리고 한지원도 그걸 알고 있었다. 요즘 부쩍 야간 작전이 없어진 걸 보면 확실했다.

때마침 한지원이 다가왔다.

진하게 위장을 한 상태라 눈빛만 둥둥 떠다니는 것 같았지만 석영은 그녀 특유의 기세에 이미 충분히 익숙했다.

"쉬는 데 방해한 거 아니에요?"

"아닙니다."

"다행이네요."

그녀가 석영의 앞에 털썩 앉자 아영이가 '나는? 나한테는 왜 안 묻는데?' 하고 또 앞에서 간족거렸다.

딱!

그리고 꿀밤을 맞고는 고개를 푹 숙였다.

참 한결같은 모습에 이제는 웃음도 안 나오는 석영이었다.

"무슨 얘기들 하고 있었어요?"

"그냥, 요지경 세상에 대해 얘기했습니다."

"후후, 딱 와닿는 말이네요. 요지경 세상."

한지원은 석영의 말에 동감하는지 크게 고개를 끄덕이며 대답했다.

"언니, 언니."

"왜 이것아."

"레일 건! 레일 건도 등장할까?"

"그거 이미 미군은 가지고 있을걸?"

"그치?"

역시 군사적인 지식과 정보에 해박한 한지원이었다.

"그럼, 실전 배치는 아직이지만 맘만 먹으면 하루에 열 방은
쏠 수 있는 게 국제 깡패 미합중국이지."

"오오, 진짜?"

"그럼. 아직까지 꺼내지 않은 건 자국에 큰 위기가 없어서
야. 만약 이차 소환이 지금과 같았다면 분명 썼을 거야."

"하긴······."

게임으로 따지면 1차 소환은 노멀, 2차도 노멀 정도일 것이
다. 그럼 3차는? 최소 나이트메어다.

악몽(惡夢), 그 자체란 소리였다.

한지원은 아영이의 계속되는 질문에 간답하게 전부 대답해
주고는 석영을 보며 말했다.

"그나저나 전력 분산이 아쉽네요."

"그··· 라쿤 상회 사람들 말입니까?"

"네, 실력 있는 건 맨들이잖아요. 그 둘을 잡으려면 저도 목
숨을 걸어야 되거든요."

"그 정도입니까?"

"네. 그 정도예요. 그 전에 보여줬던 건 그냥 몸 풀기 정도라고 보면 돼요. 물론 특기 분야가 달라서 확신할 순 없지만요."

"비슷… 한 건 아니겠군요."

"후후, 네. 저나 우리 대원들은 특작부대 성향이 강해요. 하지만 투 핸드나 투 에스는 건 액션에 능통하죠. 즉, 난전에 엄청난 실력을 보여요. 공간을 읽고, 장악하는 센스가 엄청나거든요."

"그건 지원 씨도 마찬가지 아닙니까?"

"후후, 전 총이 아니라 칼이 더 익숙한 사람이거든요. 소총이나 저격이라면 자신 있지만 근접 총질은 그리 자신 없어요."

"……."

석영은 그게 거짓말이라는 생각이 들었다.

천하의 한지원이다.

최강, 최악의 무기를 소유한 석영도 만약 그녀와 붙으라면 격렬하게 고개를 흔들 정도로, 인류 최종 병기라 평가해도 충분한 여자가 바로 한지원이다. 그런 여자가 근접 격투에는 자신이 없다?

지나가던 개가 웃을 일이다.

한지원이라면 아무리 지근거리에서 권총질을 해대도 다 피하고 목에 칼을 쑤셔 박을 능력이 충분하다 못해 넘치는 여자였다.

그리고 석영이 정말 그렇게 유례없는 평가를 아무런 망설임 없이 내릴 수 있는 유일한 존재인 한지원이 그렇게 평가할 정도라면 투 핸드나 투 에스도 대단한 건 맞았다. 그날 보여줬던 두 사람의 능력은 그야말로 발군이다 못해 살벌했다. 특히 움직임은 예술이었다. 한지원과 비슷하지만 다른 스텝은 스킬을 쓴 게 아닐까 싶을 정도로 대단했다. 하지만 그런 그들은 그때 만났던 살벌한 러시아 마피아들과 떠났다.

전투 스타일이 그쪽과 더 맞다는 게 이유였다. 어쨌든, 그렇게 라쿤 상회가 빠지는 바람에 전력에 구멍이 뚫렸다.

석영도 솔직하게 평가하면 그 두 사람이면 여기 대원들 반 이상은 무조건 잡을 수 있을 것 같았다.

그리고 능력을 보여주진 않았지만 라쿤 상회의 다른 사람들도 분명 범상치 않아 보였다.

"앞으로는 석영 씨에게 더 의존할 수밖에 없을 것 같은데, 괜찮을까요?"

"네, 괜찮습니다만……."

"왜요? 지쳤어요?"

"그런 마음이 없지 않아 있습니다."

석영은 솔직하게 대답했다.

이런 일은 숨긴다고 능사가 아니었다.

오히려 솔직하게 말하고, 어떻게든 해결책을 마련하는 게 나았다. 특히 이렇게 기약 없는 전쟁은 병사들의 사기를 마치 암세포처럼 갉아먹는다.

"질문이 있습니다."

"하세요."

"이 전쟁, 언제 끝날 것 같습니까?"

석영은 감을 잡을 수가 없었다.

하지만 한지원이라면 대략적인 유추가 가능할 것 같았다. 그래서 물어봤다. 어느 정도의 체력, 정신력을 남겨두고 집중 해야 하는지, 지금처럼 하면 한두 달 내에 필히 큰 문제가 생길 거란 직감 때문에 나온 질문이었다.

한지원은 석영의 질문에 곰곰이 생각에 잠겼다. 아영은 두 사람의 대화에 끼어들지 않고 잠자코 듣고만 있었다. 요럴 땐 그래도 까불지 않아 다행이었다.

"솔직하게 말해줘야겠죠?"

"물론입니다."

석영의 대답에 후우, 한숨을 내쉰 한지원이 그녀가 생각한 답을 꺼내놓았다.

"못해도 반년으로 보고 있어요."

"반년……."

석영이 찝찝함을 가득 담아 반년이라는 단어를 길게 늘어뜨리자 한지원이 한숨을 재차 내쉬고는 그 이유를 설명했다.

"신무기를 더 실험해 보고 싶을 거예요."

"네?"

"이번에 이엠피 탄으로 재미를 확실하게 봤잖아요? 유엔 조약이다 뭐다 이런 걸로 생화학 무기를 포함한 무기 개발에 제약을 두고는 있지만 사실 세계 열강들은 모두 신무기를 개발해 왔어요. 미국이 이번에 터뜨린 이엠피 탄, 아까 아영이가 물어본 레일 건 등등 일정 과학력이 되는 국가들은 전부 비밀리에 무기를 개발하고 있었어요."

"음……."

이건 모르는 사실이었다.

일반인에게 이런 정보는 절대로 안 풀린다. 국가 자체가 나서서 개발 자체를 정말 극비리에 운용하기 때문이다. 그러니 신문에 한 조각도 실리지 않는다. 이건 한지원만 봐도 알 수 있었다.

20세기와 21세기를 걸쳐 정말 말도 안 되는 부대가 만들어졌고, 실제로 운용됐다. 그런데 그런 사실을 대한민국 국민은 거의 모르고 있었다. 한지원이 예전에 말하기로 아는 사람이 채 10명도 안 될 거라는 말을 했던 걸 보면 얼마나 엄중한 비밀 엄수 속에서 운용됐는지 알 수 있었다.

그러니 한지원의 말은 분명 사실일 것이다.

"욕심이 생겼을 거예요. 시간을 벌었으니, 이제 저 빌어먹을 것들에게 한 방 먹여줄 수 있는 모든 것들을 아마 실험해 보고 싶을 거예요. 알죠? 과학은 그렇게 발전해 왔다는 걸."

"……"

무지한 석영도 그 정도는 안다.

한지원은 수통을 꺼내 물을 한 모금 마시고는, 담배를 꺼내 입에 물고 불을 붙였다. 석영도 그녀가 담배를 물자 같이 담배에 불을 붙였다.

치익.

후우…….

나직한 한숨 소리와 함께 연기가 뭉게뭉게 피어났다 흩어졌고, 말이 이어졌다.

"보급되는 이엠피 탄으로 전선을 뭉개면서 들어가면 솔직히 두 달도 안 걸려요. 러시아가 아무리 커도, 여왕개미만 집중적으로 사냥하고 돌아다니는 특작조를 편성해 작전을 시키면 되니까요. 하지만 아까 말한 이유 때문에 특작조의 편성보단 무기 실험이 먼저일 거예요. 그렇게 할 건 다 해보고, 나중에야 이엠피 탄으로 다시 정리를 해나가겠지요."

"그건 최악의 상황입니까?"

"아니요. 기정사실일걸요? 알잖아요? 이런 상황에서도 어리석은 결정을 내리는 인간은 반드시 나온다는 걸."

"국제사회가 가만있을까요?"

"국가가 하는 일이니까요."

"그럼 전 세계 국민들은요?"

"석영 씨."

"……."

나직한 한지원의 부름에 석영은 '후우' 한숨을 내쉬었다. 그래, 한지원의 말이 옳다. 정말 '특별'한 경우가 아니고서는 국민이 국가를 상대로 이기는 경우는 거의 없었다. 그건, 세계사가 증명하고 있었다.

"어리석은 질문을 했습니다. 그래서 반년이라는 거죠?"

"더 걸릴지도 몰라요. 생화학 무기를 터뜨리면 중화될 때까지 기다려야 되니까요."

"괜한 짓거리에 또 변종이 생길까… 겁나는군요."

"후후, 안 생길 것 같아요?"

"……."

흠칫.

한지원의 그 질문에 석영은 소름이 돋았다.

눈빛이 새파랗게 변하고 있었다. 이건 그녀가 가끔 '그'라는 존재를 누가 언급했을 때 내보이는 기세였다. 감각이 나날이 예민해져 가는 아영이까지 입술을 꾸욱 깨물었다. 그만큼 하지원의 기세는 사나웠다.

"엊그제 대장과 연락했을 때, 대장이 그랬어요. 분명 이 미친 연합군은 승기를 잡았으니 이런저런 실험을 하면서 질질 끌 거라고."

확신이 가득한 말투였다.

석영도 그런 일이 벌어지지 않기를 바랐지만, 어째 그럴 가능성은 없을 것 같단 결론을 내려 버렸다.

"나도 그렇고, 창미 언니도 그럴 거라고 동의했어요. 우리 대대에서 가장 냉정한 미경 대위님도 그렇게 나올 거라는 판단을 내렸고요. 아마 바꾸지 않을 거예요."

스스로들이 내린 답에 대한 과신, 자만이 아닌 자신이었다. 비슷하지만 달랐다. 그래서 석영은 고개를 끄덕였다.

"그렇게 되면 어떻게 됩니까? 추후에도 작전을 이어갑니까?"

"아니요. 빠질 거예요."

"……."

석영은 대답 대신 고개를 끄덕였다.

아주 현명한 판단이었다.

안 그래도 슬슬 식량이 떨어져 가고 있었고, 탄도 떨어져 가고 있었다. 얻은 것도 많지만 소모되는 것도 엄청 많았다.

특히 소총탄은 이제 대원 당 50발, 열 탄창 정도밖에 남아 있질 않았다. 근데 그 정도는 전투 한 번 빡세게 하고 나면 최소 반 이상이 날아간다. 아무리 점사로 끊어 쏜다고 해도 소총탄 소모는 엄청났다.

러시아 군이 공중 보급으로 각종 탄 박스를 무상으로 지원해 주고는 있지만 연합군이 헛짓거리를 하면 무상 지원 따위로 계속 전투에 참전할 수가 없었다.

"일시에 싹 빠집니다. 그리고 저희는 전열을 정비, 대한민국 전선 방어에 총력을 기울일 거예요."

한지원의 단호한 말에 석영은 고개를 끄덕였다. 그러자 묵직하게 숲을 타고 돌던 한지원의 기세가 싹 사라졌다. 싱긋 웃은 그녀가 석영을 보며 다시 말을 이었다.

"사실 석영 씨가 없었으면 이렇게 장기전을 펼칠 생각은 못했을 거예요. 그 점에 대장님도 감사를 표하고 있어요."

"별말씀을. 저도 살기 위해 움직이는 건데요."

"후후, 그래도요. 그래서 저는 항상 아영이에게 고마워하고 있어요. 말은 안 했지만."

"어, 언니. 왜? 나한테 왜?"

자신에 대한 얘기가 나오자 아영이 눈을 반짝이며 물었다.

"석영 씨랑 네가 친분을 맺어줘서. 너 아니었음 이런 무지막지한 사람을 내가 어떻게 알았겠니? 그리고 만나더라도 혹시나 적으로 만났을 수도 있고."

"헤헤, 그게 또 그렇게 되네? 아영이 잘했또? 이잉! 진짜 나 잘했… 뜨학!"

빡!

혀가 꼬부라지는 순간 한지원의 꿀밤이 다시금 작렬했다.

"으흐어······."

영혼이 빠져나간 것처럼 해롱거리는 모습을 연기하는 아영이 때문에 무겁던 분위기는 다시금 살살 풀려갔다.

"뭐, 어쨌든 그런 상황이에요. 그래서 한 달 정도 빡세게 움직이고 남은 시간은 연합군의 대처를 보면서 쉬려고 해요. 삘 컷하면 빠지고, 아니면 무리하지 않는 선에서 계속 움직이는 걸로 결정했어요. 괜찮죠?"

"네."

딱 좋은 조건인데 나쁠 게 있나.

"다행이네요. 사실 이 말하러 왔는데 석영 씨가 먼저 물어봐 줘서 고마워요."

"아닙니다. 그냥 궁금했을 뿐입니다."

"후후, 고마운 건 고마운 거예요. 그런데 언제까지 우리 서로 존대하나요? 원활한 작전을 위해서 커뮤니케이션의 간소화는 기본인 건 아시죠? 짧고, 빠르게 의미를 전달해야 하는 거요."

"음······."

고맙다더니 왜 갑자기 또?

석영이 조금 난처한 표정이 되자 한지원이 씨익 웃고는 말을 이었다.

"치열한 전투 중에 석영 씨, 저 좀 도와주세요! 여기 앞에 있는 애들 정리 좀요! 이렇게 소리칠 순 없잖아요? 석영아, 앞에 정리 좀! 하면 끝날 걸. 최소 이 초는 시간을 벌 수 있어요. 석영 씨는 알죠? 그 이 초면 제가 무슨 짓을 할 수 있는지."

"음……."

알기야 잘 알고 있었다.

일반인에게 2초는 정말 순간에 불과하지만 한지원에게 2초면 칼질 네댓 방을 먹을 수 있는 시간이고, 반대로 죽음의 문턱에서 쏙 빠져나올 수 있는 시간이기도 했다. 석영도 2초면 속사에 트리플, 추적에다가 익스플로전이든 클레어모어든 뭐든 걸어서 확실하게 적을 박살 낼 수 있는 시간이기도 했다. 그걸 한 번에 다 걸면 정신력 소모가 장난 아니겠지만, 어쨌든 석영도 2초면 많을 일을 할 수 있었다.

"듣고 보니 맞는 말인데? 오빠, 언제까지 지원 언니 어렵게 대할 거야?"

아영이 처음으로 진지한 얼굴로 대화에 끼어들었다.

"그게 석영 씨가 관계의 적정선을 정하는 거라는 건 잘 알아요. 그런데 이제 저랑 석영 씨 정도면 동료로 인정할 만하지 않나요?"

"그거야… 그렇긴 합니다만."

"으이그, 참 어렵네요. 아영이는 어떻게 친해졌나 몰라?"

한지원이 그렇게 말하자 아영이는 흐흐, 음흉한 웃음을 흘렸다. 그런 다음 에헴! 으스대며 입을 열었다.

"내가 또 한 미모 하잖아요? 한 성격하고. 그런 내 모습에 오빠가 빠져든… 악!"

이번엔 석영의 손에서 꿀밤이 날아갔다.

"아……! 아파!"

"헛소리 지껄일 거면 가서 자라."

"이 씨……!"

씩씩거리는 아영이의 눈가에 눈물이 대롱대롱 매달려 있었다. 하지만 석영은 그게 진짜 아픈 거라 생각하진 않았다. 소리는 경쾌했지만 신체 강화까지 걸려 있는 마당에 이 정도 충격이 통증을 유발하진 않기 때문이다.

그런 아영이를 싹 무시한 석영은 한지원을 향해 말했다.

"편하게 대할 수 있게 노력해 보겠습니다."

"후후, 너무 오래 걸리진 않았으면 좋겠네요."

"네."

치익.

후우…….

한지원은 석영의 대답에 싱긋 웃고는 다시 담배를 꺼내 물었다. 본래는 잘 안 피우는데 러시아로 와서 부쩍 담배가 는 한지원이었다. 그런 석영의 눈빛을 봤는지 한지원은 쓸쓸한 미소로 입을 열었다.

"옛날 생각이 나서 그런지 화약 냄새를 맡으면 담배를 많이 피우게 돼요. 그때는… 언제나 주변에 피 냄새와 화약 냄새가 가득했었거든요. 담배에 의존하는 건 아닌데, 그래도 담배 냄새가 태우는 그 순간만큼은 두 냄새를 지워주거든요. 그래서 습관이 됐어요."

한지원은 그렇게 말하고 자리에서 일어났다.

"자, 오늘 대화는 여기……."

그렇게 말하던 한지원의 말을 끝내지 못하고 멈칫했다.

치익.

─열한 시 방향 민간인 접근.

치익.

─다섯 시 방향 소속 확인 불가 군 병력 접근.

두 개의 무전이 1초의 시간 차를 두고 고요하던 숲의 정적을 깨웠다.

민간인?

군인?

석영은 고개를 갸웃하고는 자리에서 일어나 엉덩이에 묻은 흙을 툭툭 털었다. 전혀 어울리지 않는 조합의 사람들이 숲을 향해 다가오고 있었다. 게다가 이곳은 오벨리스크의 통신 방해 지역이 아니었다.

사 일 전에 오벨리스크 하나를 더 파괴했고, 지금은 다른 오벨리스크로 이동하는 중이었다. 그러나 아직 영역 안으로는 들어가지 않고 각 대와 유기적인 연락을 취하면서 상황을 보는 중이었다.

또 다른 작전 수행 전에 가지는 마지막 휴식 정도 되는 시
간이다. 그런데 그 시간을 또 방해받고 있었다.

치익.

"수는?"

그러나 한지원은 크게 동요하지 않은 기색으로 그렇게 되물
었고, 잠시 뒤에 민간인 200가량, 군인은 50 정도 된다는 무전
이 다시 들어왔다. 크게 문제가 되는 수는 아니었다.

치익.

—나야.

나창미?

아까 분명 10m 정도 떨어진 곳에서 쉬고 있었는데?

"우와, 저 언니 언제 달려갔대?"

아영이도 놀랐는지 감탄사를 내뱉었다. 참 보면 볼수록 신
기한 사람들이다.

치익.

"어, 언니. 어느 쪽으로 갔어?"

치익.

—민간인 쪽. 보라를 군 병력 쪽으로 보냈어.

문보라도?

정말 상황 대처 능력이 장난 아니었다.

무전이 들어온 지 채 1분도 안 지났는데 소리 소문 없이 내달려 현장을 지휘, 확인하러 갔다.

치익.

"보라는 보고할 때까지 좀 걸리겠고, 어때? 그쪽은?"

치익.

─민간인 맞고. 전부 여성들로 보여. 복장은… 얼어 죽겠는데? 얼굴은 피로와 공포에 절었어. 어디 숨어 있다 나왔나 봐. 아무래도 식량이 다 떨어져서 죽기 살기로 나온 것 같아.

치익.

"지휘는?"

치익.

─총을 든 군인이 몇 명 보여. 어, 잠깐만. 저거, 저거… 안젤리카 같은데?

치익.

"안젤리카? 바그다드 안젤리카?"

치익.

─응, 선글라스를 꼈지만 입술 아래에 쭉 찢어진 상처도 있고. 오른쪽 귓불도 없고. 안젤리카 맞는 것 같아.

치익.

"의외네. 러시아 소속이었어?"

치익.

—그나마 아는 사람이 있어 다행이긴 한데, 저년 우리한테 그리 호의적이진 않은데.

　치익.

　"그래도 정신은 박혀 있는 여자니까 이 상황에서 총질을 해대진 않겠지. 언니가 조심스럽게 접선해 봐. 아니다. 내가 갈게. 잠시 대기해 줘."

　치익.

　—오케이.

　여자라 그런가, 아는 사람의 태반이 전부 여성이었다.

　"오빠 진짜 여자 복이 터진 것 같은데? 또 여자래, 또 여자."

　아영이 옆에서 능글맞은 표정과 함께 팔꿈치로 옆구리를 푹 찌른 뒤에 한 말에 석영은 그냥 침묵으로 답을 했다. 확실히 이상하게 그날 이후 석영은 여성들만 얽혔다. 김아영과 한지원은 말할 것도 없고, 여기 전간 대대원들이나 라쿤의 투핸드, 투 에스, 그리고 휘드리아젤 대륙의 발키리 용병단만 해도 전원 여자다. 게다가 거기서 얽혔던 휘린과 마리아 왕녀까지, 어떻게 된 게 전부 여자였다.

　'아, 오렌 관리관이 있긴 하구나.'

　그런데 그래봐야 그 한 명이었다.

　전생에 무슨 죄를 저질러 이렇게 여자들 틈바구니에 껴 있는지는 모르겠지만 석영은 이게 좀 어색하긴 했다. 특히 생리

적인 현상을 해결할 때는 더욱 두드러지게 나타났다. 그리고 옷을 갈아입을 때도 이들은 훌러덩, 훌러덩이다. 스스로가 여자가 아닌 군인이라는 마음가짐이 단단하게 박혀 있어 타인의 시선 따위는 조금도 신경 쓰지 않았다. 그렇게 신체 구조가 다르니 어쩔 수 없는 부분이지만, 석영은 아직 이걸 완전히 무시하는 경지에 다다르진 못했다. 그나마 위안인 건 이들이 전혀 어색해하지 않는다는 점이다.

만약 그들이 낯을 가리거나 부끄러워하는 기색을 보였다면 석영이 더 불편했겠지만 씻을 때도, 전투복을 갈아입을 때도 그녀들은 석영을 그냥 '목석'으로 취급했다. 그 부분이 진짜 참 불행 중 다행이었다.

치익.

―문보라입니다.

치익.

"말해."

치익.

―정규군 냄새가 납니다.

치익.

"정규군?"

치익.

―네.

쉴 새 없이 무전이 오갔다. 모두가 침묵하고 있는 마당이고, 넓게 베이스캠프를 형성하지 않은 탓에 둘의 무전은 현재 경계조로 나간 인원들을 빼고 휴식을 취하고 있던 모두에게 여과 없이 전달되고 있었다. 그리고 그럼으로써, 또다시 진득한 긴장감이 형성되기 시작했다. 현재 석영과 이들은 비밀리에 작전 중이었다. 공개적으로 나선 적이 없으니 군과의 접촉은 일단 피하고 봐야 할 일이었다.

고개를 갸웃했던 한지원이 다시 무전기에 대고 입을 열었다.

치익.

"더 정확하게."

치익.

─일반 보병은 아닙니다. 더 전문적인… 냄새가 납니다. 그리고 인종이 다양… 합니다.

인종이 다양하다는 말은 결정적인 힌트였다. 미군도 다문화 정책으로 미국 시민권이 있으면 군에 입대를 할 수 있다. 반대로 시민권을 위해 군에 입대할 수도 있었다. 하지만 특수전을 나온 소규모 부대다.

그런데 거기에 다수의 인종이 섞여 있다?

이런 경우, 군사 지식에는 문외한인 석영도 한 부대의 이름을 떠올릴 수 있었다.

치익.

"설마, 에뜨랑제 놈들이니?"

치익.

─지근거리에서 확인한 게 아니라 확신할 수 없습니다.

치익.

─보라야, 경계는 어떻게 세웠어? 총기는.

치익.

─교본대로입니다. 총기는 FAMAS 돌격 소총으로 보입니다.

치익.

─외인부대 애들 맞네.

나창미의 무전이 끝남과 동시에 한지원이 혀를 쯔! 하고 찼다.

"왜 그놈들이 이렇게 후미진 곳까지 기어들어 왔지?"

말투가 그리 협조적이진 않는 걸로 보아, 그들과 그리 유쾌한 사이는 아닌 것 같았다. 한지원은 인상을 잔뜩 찌푸린 채선 채로 턱을 괴고 생각에 잠겼다. 대놓고 불만 가득한 표정을 짓는 한지원의 모습은 또 처음 보는지라 심각한 상황인 것 같은데도 석영은 오히려 신기한 감정을 느꼈다.

절제된 모습을 보여주던 한지원의 감정적인 모습, 어찌 안신기할 수 있을까.

치익.

─숲 경계까지 삼백 미터 남았습니다.

문보라의 무전이 들어오자 한지원은 괴었던 손을 풀어 다시 무전기를 들어 올렸다.

치익.

"언니, 일반인들 구성은?"

치익.

─어린아이 다수, 나머지는 전부 젊은… 여성? 엥? 왜 다 젊어?

치익.

"외모와 나이는?"

치익.

─쭉쭉 빵빵. 얘네 모델들인가? 뭔 키들이 다 나만 하지? 나이는 대충 십 대 후반부터 삼십 대? 그 정도까지. 아, 바그다드 안젤리카랑 총을 든 여군들은 빼고.

에휴.

한지원이 다시 한숨을 내쉬었다.

석영은 그 한숨의 의미를 바로 이해하지 못했다. 쭉쭉 빵빵한 게 문제가 되나? 눈을 끔뻑이는 아영이한테 시선을 준 한지원이 조용히 입을 열었다.

"늘씬해, 외모도 반반해. 이런 직업군은?"

"걸 그룹이나 배우? 모델?"

"그쪽일 수도 있는데, 밝은 쪽 말고는?"

"…아아."

잠깐의 침묵 뒤에 아영이는 알겠다며 고개를 끄덕였다. 그때야 석영도 고개를 끄덕였다. 밝은 쪽 말고 라는 말이 결정적인 힌트였다. 생각해 봐라. 크고, 늘씬하고, 젊고 아름다운 여성들만 뭉쳐 있다.

그런 여성들이 뭉쳐 있는 직업군은 솔직히 몇 개 없었다. 아까 아영이가 말했던 것처럼 가수나 배우, 모델 직업이다. 그런데 한지원은 그런 밝은 쪽 말고, 어두운 쪽으로 생각해 보라고 했다. 이렇게 되면 나오는 답은 딱 하나였다.

"근데 언니, 무슨 문제 있어요?"

석영이 한 직업군을 떠올릴 때, 아영이 툭 질문을 던졌다. 그러자 한지원은 또 후우, 한숨을 내쉬었다. 그녀답지 않은 잦은 한숨이었다.

"외인부대 애들, 거칠고 더러워."

"그래요?"

"응. 심지어 다른 나라 군에서 문제 일으켜서 강제 전역 당하고, 사회에 적응하지 못해 그나마 받아주는 외인부대로 가는 놈들도 꽤 돼. 물론 전부 그런 건 아닌데. 내가 만났던 놈들이 워낙에 더러웠거든. 그래서 저것들은 내키지가 않네."

한지원의 대답에 아영은 아아, 하고 고개를 끄덕였다. 석영도 마찬가지였다.

레종 에뜨랑제(Legoin Etrangere).

한국 남자라면 기본적으로 알고 있는 세계적인 특수부대였
다. 프랑스 소속으로 아프리카 내전에 주로 참여하는 외인부
대는 실력도 실력이지만 그 악명도 만만치 않았다. 다국적이
모인 만큼 알력도 심하고, 그래서 통제가 잘 안 되는 대원들
이 있었다. 게다가 지 잘난 맛에 사는 인간들이라 더욱더 심
했다.

치익.

"보라야."

치익.

─네.

치익.

"공포탄 한 개 쏘고, 대기시켜. 반항하면 어디 하나 뚫어버
려도 된다. 아, 물론 머리는 안 돼. 적당하게 날려 버려."

치익.

─네.

천하의 외인부대를 무슨 초등생 다루듯이 대기시키라는 말
에 석영은 그냥 피식 웃음만 흘렸다. 여기서 나오는 얘기들을

나중에 책으로 엮어 내볼까? 이런 생각을 실없이 했지만 완전 개소리로 치부될 가능성이 못해도 구 할은 되겠구나 싶어 고개가 바로 저어졌다. 동시에 한지원이 진짜 외인부대에 대한 감정이 좋지 않음을 알았다.

무전을 끝낸 한지원이 나창미와 휴식 중이던 네 명을 추려 문보라에게 보내고는 석영을 돌아봤다.

"여자들은 데리고 올 생각인데, 같이 갈래요?"

"음… 네."

같이 가자는 이유가 분명히 있을 테니, 석영은 거절하지 않았다. 석영이 일어나자 아영도 같이 일어났다. 그녀는 어느새 방패를 꺼내 손에 쥐고 있었다.

"오, 달밤의 체조! 좋아, 좋아."

"놀러가는 거 아니다."

"누가 그거 모르남? 그냥 그렇다는 거지, 뭐."

흥!

아까 맞아서 그런가?

토라진 척하는 아영이에게서 석영은 깔끔하게 시선을 뗐다. 그리고 저 앞으로 벌써 슬슬 뛰기 시작하는 한지원을 따라 달렸다. 가면서 생각했다. 왜 외인부대로 가지 않지? 중요도를 따져도 당연히 외인부대가 위험하다. 그런데 그녀는 그쪽이 아닌, 여자들 쪽으로 향하고 있었다. 귀찮아서?

'설마…….'

석영이 아는 한지원은 귀찮다고, 위험하다고 뒤로 빠지는 성격이 절대로 아니었다. 그러니 다른 이유가 있을 거라 생각했다. 좋지 않은 감정을 품고 있다는 걸 떠올리니 얼추 이유가 파악이 되긴 했다.

넓지 않은 숲이라 빠져나오는 데는 얼마 걸리지 않았다. 자리 잡고 있던 대원이 한지원을 보고 손을 들었다. 조용히 이동한 한지원이 목에 걸고 있던 스코프로 절망을 피해 다가오는 여인들을 확인했다.

"안젤리카가 맞네."

"어떻게 금방 알아요?"

"입술은 내가 찢었고, 귓불은 창미 언니가 날렸거든."

"……."

한지원의 조용한 대답에 물었던 아영이는 입을 쏙 다물었다. 석영도 고개를 절레절레 저었다. 사람 얼굴을 망쳤다는 소리를 무슨 길가의 돌멩이 줍듯이 얘기하고 있었다. 하지만 그게 또 너무 자연스러워 어느 부분도 태클 걸 만한 곳이 없었다.

한지원은 돌 하나를 들어 접근 중인 안젤리카의 앞쪽에 휙 던졌다. 긴 포물선을 그리며 날아간 돌이 딱! 소리를 내며 바닥에 떨어지자 안젤리카는 곧바로 손을 들어 이동을 멈추게

한 뒤, 자리에 대기하게 했다. 석영이 봤을 때 안젤리카의 반응속도는 진짜 죽여줬다. 소리가 나는 순간 정확하게 돌이 떨어진 곳을 응시했다. 반응속도는 물론, 공간 감각까지 엄청났다.

'무슨 놈의 여자들이⋯⋯.'

여성이라고 무시하는 건 절대로 아니었다.

평상시에도 그런 마음을 가지고 살진 않았다.

하지만 육체적인 능력은 당연히 여성보다 남성이 앞설 수밖에 없다는 마음은 있었다. 신체 구조 자체가 그렇기 때문이다. 트레이닝을 통한 근력 성장 폭 자체가 그랬다. 그런데 한지원을 만나고 나서는 그렇게 생각했던 것 자체가 산산조각 나버렸다. 그렇게 미국과 휘드리아젤 대륙, 러시까지 거치면서 석영은 이제 그런 생각 자체를 아예 버려 버렸다.

휙!

한지원이 던진 돌이 다시금 날아갔다.

이번엔 안젤리카의 바로 앞까지 날아갔다.

툭 튕겨 올라가는 돌을 안젤리카가 반사적으로 잡았다.

돌을 가만히 보던 안젤리카의 시선이 휙! 이쪽으로 날아들었다. 그러곤 총을 내려놓고, 천천히 손을 들었다.

"역시 눈치가 빨라, 후후."

바로 항복 표시를 하는 걸 보니 돌에다가 어떤 신호를 새겨

넣은 뒤 던진 것 같았다. 그 짧은 틈에 물 흐르듯이 그 모든 걸 행하는 건 쉽지 않은 일이지만, 한지원이 하니 위화감이 하나도 없었다.

"너희들은 대기, 주변 경계하고 있어."

"네."

대원들에게 지시를 내리고 한지원은 석영과 아영을 바라봤다.

"가요."

"……"

석영은 대답 대신 그냥 고개만 끄덕였다. 같이 가자는데 굳이 거절할 이유는 없었다. 한지원은 다시 한번 안젤리카를 살폈다. 가는데 총으로 빵 쏘면 답이 안 나오니 무장해제를 제대로 했나 확인하는 것이다.

확인을 끝낸 한지원이 성큼성큼 걷자 석영은 주변을 살피며 같이 걸었다. 거리는 순식간에 가까워졌고, 얼굴 윤곽까지 확인이 가능할 정도가 됐다.

바그다드 안젤리카?

코드명인지 실명인지 모르겠지만 그 이름을 가진 여군은 40대 중반이 훌쩍 넘어 보였다. 짙은 위장에 확실히 입술을 가로지르는 흉터와 귓불이 뭉텅 썰려 나갔다가 아문 상처가 보였다.

체형은 호리호리했다.

외모와 체형은 전형적인 슬라브계의 특징을 고스란히 담고 있다.

신장은 대략 170 언저리, 모델 뺨칠 체형이다.

"오랜만이야?"

"진짜… 당신이군, 야차."

"어머, 오랜만에 듣는 단어네? 지금은 한 중위면 충분해."

안젤리카의 눈빛에는 경계심과 적대감이 미약하게 담겨 있었다.

하긴, 평생 지워지지 않는 흉터를 얼굴에만 두 개나 만든 장본인 중 한 명인데 반가워하는 게 더 웃긴 일이다.

평상시라면 아마 만나자마자 서로 총질, 칼질을 하고도 남았겠지만 지금은 몬스터에 의한 국가 재난 상황이었다. 그녀는 냉정하게 상황이 파악하고 있었다.

"오빠, 언니 주변엔 왜 다 저런 사람들만 있을까……?"

"그걸 내가 아냐."

그녀 때문에 만난 사람들 대부분이 여자, 여자, 여자, 여자, 여자, 여자! 였다.

그런데 전부 다 무섭다. 평범한 여성이 정말 한 명도 없었다. 저 여군, 안젤리카도 마찬가지였다. 침착함이 깃든 단단한 눈빛을 보면 절대로 평범한 여군은 아닐 거라는 예상이 들었다. 아니, 애초에 바그다드에서 작전을 펼치던 요원 출신이다.

"저 언덕 위의 숲에서 우리가 쉬는 중이었어."

"그 여자… 도 같이 있나?"

"응. 근데 다른 쪽에서 에뜨랑제 놈들이 접근 중이라 막아놓으라고 했어."

"에뜨랑제라… 듣기 좋은 단어는 아니군."

피식.

정말 인식이 별로인지 안젤리카에게도 똑같은 반응이 나왔다. 한지원은 턱짓으로 뒤에 여자들을 가리키며 물었다.

"누구야?"

"힘없는 여자들."

"호오, 지금까지 보호한 건가?"

"……."

안젤리카는 무거운 표정으로 고개를 끄덕였다.

석영은 그런 안젤리카의 고갯짓에 그녀 뒤에 여자들을 바라봤다. 확실히 무전대로 전부 젊고, 한 외모들 하고 있었다. 그리고 복장도 아무리 적응됐다지만 이 살벌한 동토의 땅에서 버티기엔 무리가 있어 보이는 복장들이었다. 그 때문인지 얼굴에는 피로가 덕지덕지 묻어 있었다.

"후우, 스킨헤드한테 잡혀가는 걸 나랑 내 친구들이 가서 구했어."

스킨헤드(Skinhead).

인종차별, 국수주의자들을 뜻하는 단어로 영국에서 최초 시작됐지만, 세계에서 가장 악명이 높은 지역이 바로 러시아다. 러시아 스킨헤드는 사실 마피아와 거의 다를 게 없는 족속들이었다.

그것도 강력 범죄 쪽으로는 러시아 마피아보다 훨씬 잔악하다는 말이 나올 정도였다. 석영은 스킨헤드란 말이 나오는 순간 바로 알아차렸다. 놈들은 러시아가 미쳐 돌아가기 시작하자 도망치면서 성(性)과 웃음, 춤을 파는 여성들과 일반인 여성들까지 예쁘다 싶으면 전부 강제로 끌고 간 것이다. 이유야 굳이 입 밖으로 꺼내지 않아도 충분히 예상이 가능했다.

그리고 솔직히, 아주 솔직히 꺼내고 싶지도 않았다.

구역질이 나올 것 같아서였다.

"그래도 용케 지금까지 버텼네?"

"냉전 시대 때 지어진 방공호에 있었거든. 스킨헤드들이 가지고 있던 식량으로 지금까지 어찌어찌 버티긴 했는데, 결국엔 다 떨어졌지."

"음, 오케이. 이해 완료."

"그보다 야… 아니, 한 중위? 당신이 왜 여기에 있지?"

"왜긴, 이 거지같은 상황에서 살아남으려면 가능한 강해져야 하기 때문이지. 미안한 말이지만 러시아는 물자와 경험을 채우기엔 지금 최고의 상황이잖아?"

"하긴··· 후우, 이것만 확인해 줬으면 좋겠어."

"말해봐."

"바그다드 때처럼 우린 지금 적인가?"

"설마. 그랬다면 이렇게 대화하고 있지도 않았어."

"다행이군."

안젤리카는 후우, 깊은 안도의 한숨을 내쉬었다. 둘을 불안한 눈으로 바라보던 여성들도 마찬가지였다. 불안과 공포에 싸여 있는 상태라 안젤리카만 믿고 의지하고 있는데 그녀가 안도의 한숨을 내쉬니, 전염처럼 그게 퍼진 것이다.

"같이 좀 쉬어도 될까? 오래 걸었어. 이틀 정도 물 빼고는 먹지도 못했고."

"물론, 숲에서 같이 쉬자고. 어려울 땐 도와야지. 안젤리카 당신과 모르는 사이도 아니고."

피식.

안젤리카의 웃음에 한지원도 웃었다.

옛날이었으면 서로 죽이겠다고 달려들었을 사이가 지금은 오히려 반대가 되어 있었다. 요지경 세상이 되더니 인간관계 또한 요지경으로 변해 버렸다.

"가요, 석영 씨."

왜 데리고 왔나 싶을 정도로 허탈하게 대화가 마무리되고,

다시 이동이 시작됐다. 석영은 아영과 제일 뒷줄에 자리 잡았다. 부탁하진 않았지만 어쩐지 그래야 할 것 같았기 때문이다. 석영이 후미를 받치고 숲으로 들어가는 순간, 무전이 다시 울렸다.

치익.

ー지원아, 이것들 안 가고 개기는데?

치익.

"기다려요. 여기 정리하고 바로 갈게."

치익.

ー그 전에 이놈들 움직이면?

치익.

"선 조치 후 보고."

치익.

ー오케이.

무전을 끝내고 다시 이동. 대원들이 쉬고 있는 곳에 도착하자마자 한지원은 일단 가지고 있던 식량을 안젤리카에게 건네줬다. 많이는 줄 수 없었고, 일단은 고칼로리 에너지바만 건넸다. 하지만 인원이 많아 가지고 있던 에너지바를 다 꺼내서 했다. 석영과 아영도 가지고 있던 걸 다 꺼냈다.

"오빠, 대박."

아영이 에너지바를 꺼내며 한 말에 석영은 시선만 들어 그녀를 바라봤다.

"이백이 넘는 사람들 중에 오빠 혼자 남자! 나머지 다 여자!
꽃밭도 이런 꽃밭이 또 있을까? 우후후."

"헛소리 마라."

"여기 오빠 왕국이다! 하렘을 건설하는 거… 억!"

헛소리에는 역시 매가 약이라, 그대로 알밤을 먹여 버렸다.
이번엔 힘을 제대로 실었기 때문에 아영의 고개가 뒤로 획 재
껴질 정도였다.

"어으……! 농담도 못 하냐!"

"저 여자들이 어떤 일을 겪었는지 들어놓고도 그딴 개소리
가 나오냐?"

"에헤헤, 우리 한국말로 대화 중인데? 못 알아들었을걸?"

"확, 그냥. 그걸 말이라고 하냐? 정신 안 차려?"

"눼에… 칫."

하아, 석영은 삐진 척하는 아영이 때문에 한숨과 함께 고개
를 절레절레 저었다. 철이 없는 애는 아닌데 갑자기 왜 이러는
석영으로서는 알 수가 없었기 때문이다. 가방에서 주섬주섬
에너지바를 꺼내 던 아영이 다시 입을 열었다.

"근데 오빠."

"또 왜."

"쟤들이 이뻐. 내가 이뻐?"

"뭔……."

"쭉쭉 빵빵 동유럽 아가씨들이 이쁘냐고. 아니면 내가 이쁘냐고!"

"……."

석영의 고개가 모로 툭 꺾였다. 어처구니없는 표정은 덤이었다.

"질투하냐?"

"응, 불안함. 혹시 알아? 재들이 여기 하나밖에 없는 남정네인 오빠 꼬시려고 들지?"

"네가 예뻐."

"그럼 오… 어, 뭐라 그랬음?"

"네가 더 낫다고."

"오… 오호호?"

"됐냐?"

"응! 완전 됐음! 흐흐흐!"

아영은 석영이 꺼내놓은 에너지바까지 냉큼 챙겨서 일어나 모닥불 근처에 옹기종기 모여앉아 있는 여성들에게 하나씩 건네줬다. 그녀들은 그걸 받자마자 허겁지겁 먹어대기 시작했다. 석영은 그런 여성들을 빤히 바라봤다.

불쌍한 여인들이다.

힘이 없어 중세시대의 노예보다 못한 상황에 처할 뻔했던

여성들이니 말이다. 석영은 가방을 정리하고 다시 자리에서
일어났다. 한지원이 움직일 생각인 것 같아서였다. 그런데 이
번에는 한지원이 고개를 도리도리 저었다.

"혼자 갔다 올게요. 석영 씨는 여기서 경계 좀 해주세요. 감
이 저만큼은 되니까 석영 씨까지 빠지면 땅 파고 오는 놈들
막기 힘들어요."

"……"

석영은 고개를 끄덕이곤 적당히 떨어진 곳에 우뚝 솟아 있
는 바위로 자리를 옮겼다. 아영도 그 옆으로 와서 털썩 앉고,
하나 남겨놓은 에너지바를 까서 입에 가져가려다가, 딱 눈이
마주쳤다.

"……"

"……"

이제 일곱 살쯤 됐을까?

머리를 짧게 잘라놔서 남자인지 여자인지 분간이 안 가는
아이가 시선을 조금 내려 석영이 손에 쥐고 있던 에너지바를
물끄러미 바라보고 있었다. 석영은 그런 아이의 시선에 조금
은 당황했다.

이런 경험이 처음이었기 때문이다.

석영은 아이를 그리 좋아하는 편이 아니었다.

대화, 소통이 잘 안 되는 건 물론, 아니, 아예 그걸 떠나서

어떻게 아이를 대해야 되는지 자체를 석영은 몰랐다.

그래서 가장 보편적인 행동을 취하기로 했다.

슥.

손을 뻗어 에너지바를 내밀자 잠시 뒤에 아이가 화답하듯 손을 뻗었다. 하지만 엄마로 추정되는 30대 중반의 여인이 안고 있어 아이는 손만 뻗을 뿐, 석영이 내민 에너지바를 잡을 수 없었다. 아이의 행동에 애 엄마가 몸을 돌렸다가 석영을 보고는 흠칫 놀라는 게 보였다. 그러곤 얼른 아이의 손을 잡아 내리고 고개를 푹 숙였다.

"워, 이해 못 하는 건 아닌데 그래도 너무하네."

옆에서 그걸 지켜본 아영이 입술을 삐죽이며 한마디 했다. 하지만 석영은 그리 기분 나쁘진 않았다. 아무리 여인들이라지만 총을 든 군인들이 둘러싸듯 주변에 있고, 힘든 일까지 겪었으니 사람에 대한 '공포'가 생겨도 결코 이상한 건 아니었다. 게다가 지금의 상황은 저 여인들을 정신적으로 엄청 피폐하게 만들어 버렸다.

저런 발작 같은 반응을 일으키는 것도 무리가 아니었다.

"오빠가 가서 그냥 주고 와."

"그러다 경기 일으키면? 괜히 문제 일으키고 싶지 않다."

"그럼 내가 갔다 올까?"

"그래라. 저기 저 애 반 주고, 그 앞에 있는 애도 반 주고.

둘이 제일 어려 보이네."

"응."

석영의 말에 아영이 순순히 고개를 끄덕이곤 자리에서 일어나 에너지바를 받아 아이에게 다가갔다. 천천히 걸어 아이들에게 에너지바를 건네주고 돌아오는데 뒤에서 작고 어눌한 한국어가 들렸다.

"가, 감, 사하니다."

아이의 엄마였다.

아영은 그런 그녀에게 그냥 웃어준 후 다시 바위로 돌아왔다. 좋은 일을 하고 왔지만 표정은 상당히 별로였다.

"왜 그런 표정이냐?"

"그냥, 시대가 어느 시댄데 저렇게 배고픈 난민이 있나 싶어서."

"……."

"그리고 짜증 나. 이 순간에도 더러운 새끼들이 설친다는 게. 확 그냥, 내 앞에 있었으면 그냥 쪼개 버렸을 거야."

그동안 함께했던 석영이 보기에 지금 아영이의 말은 진심이었다. 그녀는 얼굴로는 웃고 있지만 속으로는 드물게 진심으로 분노하고 있었다. 몬스터가 아닌, 인간 그 자체에 말이다. 하긴, 석영도 그런 상태였다.

스킨헤드?

마피아?

이런 상황을 이용해 욕구를 채우는 것들은 석영이 보기에 인간이 아니었다. 도덕적 기준에서 아예 선 밖으로 튕겨 나간 자들은 그냥 그 자체로 악마로 봐도 좋다 생각하는 석영이었다.

"어? 저 애 오는데?"

아영이의 말에 시선을 다시 돌려보니 에너지바를 받은 아이가 천천히 다가오고 있었다. 그리고 그 아이는 석영을 똑바로 바라보고 있었다.

석영은 또 아이의 시선과 걸음에 조금씩 당황하기 시작했다. 아… 난감한데, 하는 생각을 할 때쯤 아이는 벌써 석영이 앉아 있는 바위 바로 앞에 도착했다.

"오빠한테 온 거 같은데?"

"……."

끙…….

석영은 이 나이 때의 아이가 정말 어려웠다. 난감한 표정으로 아이를 보는데, 아이가 손바닥이 보이게끔 손을 쭉 뻗었다. 아이의 손바닥에는 에너지바가 조금 남아 있었다.

"……."

"……."

석영은 아이가 행동이 뭘 의미하는지 그제야 알 수 있었다.

그래서 손가락으로 에너지바 조각을 가리킨 뒤, 다시 자신을 가리켰다. 그러자 맑게 웃으며 고개를 끄덕이는 아이. 석영은 조심스럽게 바위에서 내려왔다. 그러곤 천천히 손을 뻗어 에너지바 조각을 들어 입에 넣었다. 순수한 호의에서 나온 행동이라서 석영은 거절하지 않았다. 석영이 입에 넣고 에너지바를 오물거리자 아이가 손뼉을 치며 좋아했다.

그 모습에 피식 웃음을 흘린 석영은 저도 모르게 손을 뻗어 아이의 머리 위로 올리려다가, 아이의 뒤에서 불안한 눈으로 엄마 때문에 쓰다듬진 않고, 톡톡 약하게 두들겨 줬다.

"얼굴 좀 닦아줘야겠다, 오빠."

아영이가 그 모습에 싱긋 웃고는 물티슈를 던져줬다. 석영은 여전히 불안한 아이 엄마에게 고개를 끄덕여 준 뒤, 아이의 손에 그냥 물티슈를 쥐어서 돌려보냈다. 종종걸음으로 달려가는 아이의 뒷모습을 보며 석영은 다시 안도의 한숨을 흘렸다.

불쌍한 아이다.

한창 뛰어놀고, 잘 먹어야 할 나이에 피난민이 되어버렸다.

"엥?"

아영이의 탄성에 석영은 바위에 다시 올라가려다 말고 고개를 돌려 뒤를 바라봤다. 아이가 다시 석영에게 오고 있었다.

앞까지 온 아이는 꾸벅, 석영에게 인사를 하곤 처음으로 입을 열었다.

"마가리타(Маргарита)!"

"마가리타? 이름이니?"

뒷말은 아마 이해하지 못했을 것이다.

하지만 석영의 말에 아이는 고개를 끄덕였다.

"마가리타! 마이, 네임!"

영어를 배우긴 했는지 아이는 몇 번 연속해서 자신의 이름을 강조했다. 석영은 그런 아이의 행동에 고개를 끄덕였다. 이해했다는 제스처였다. 그러자 아이, 마가리타는 다시 환하게 웃었다.

그러곤 다시 고개를 꾸벅 숙여, 한국식으로 인사를 하곤 엄마한테 달려갔다. 가다가 잔뿌리에 걸려 넘어져 석영을 움찔하게 만들었지만 곧 다시 일어나 흙을 털고는 엄마한테 달려가 품에 폭 안겼다.

물티슈를 들고 해맑게 웃는 마가리타를 보던 석영은 다시 바위 위로 올라갔다.

"애가 참 밝다. 험악한 오빠 얼굴에 겁먹을 만도 한데 말이지."

"야, 험악한 정도는 아니거든."

"맞거……."

투슈웅…….

아영의 말을 끊어먹겠다는 듯이 정적을 깨는 바렛 특유의 총성에 석영은 바위에서 내려와 몸을 등지며 활을 꺼내 들었다. 소리가 어디서 들려왔는지는 어차피 빤했다.

투슈웅…….

거리가 꽤 있어 둔중하게 울리지 않고, 메아리처럼 길게 늘어지는 총성에 대원들이 여인들의 주변을 둘러싼 다음 사주경계에 나섰다.

"설마 붙은 건 아니겠지?"

아영이 도끼와 방패를 꺼내 손에 쥔 채로 물었고, 석영은 잘 모르겠어서 고개를 저었다. 아직 상황이 들어오지 않았다. 만약 한지원은 군사 작전을 펼치게 되면, 반드시 상황을 설명하고 진행하는 스타일이다.

그런데 아무런 무전도 없는 걸 보니 그리 심각한 상황은 아닌 것 같았다.

"경고 정도겠지."

"경고?"

"응, 에뜨랑제랑 별로라고 그랬잖아? 그러니 다른 곳으로 가라고 했고, 그들이 거절했으니 저렇게 위협사격을 한 거겠지."

"아아, 그렇겠네."

총성은 멎었다.

아무래도 상황이 다시 종료된 것 같았다.

50명의 군인?

세 개 구대 정도 되는 것 같지만 그 정도로 한지원과 나창미에게 대들었다간 아마 내일 뜨는 해는 두 번 다시 볼 수 없을 것이다. 30분쯤 지나자 한지원과 나창미가 대원 몇과 함께 돌아왔다.

돌아오자마자 그녀는 경계조를 교대시키고, 나창미와 함께 석영에게 왔다.

"오면서 창미 언니랑 잠깐 얘기하긴 했는데, 오벨리스크 진입은 잠시 동안 취소해야겠어요."

"식량 때문입니까?"

"네. 저 사람들 아예 먹을 게 없는 상태니 일단 후미로 먼저 빠지는 게 낫겠어요. 그리고 가능하면 안전한 곳까지 이동시켜 주고, 우리도 다시 보급을 한 뒤에 작전을 나가는 게 어떨까 싶어요."

"음……."

석영은 잠시 고민하다가 한지원과 나창미의 사이로 딱 보이는 마가리타의 시선을 느꼈다. 마가리타는 엄마의 품에 안겨 석영을 빤히 바라보고 있었다. 시선이 마주치자 이번에도 해맑게 웃으며 손을 흔들어주는 아이 덕분에 석영은 고개를 바로 끄덕였다.

"그러죠."

"고마워요, 후후."

"외인부대, 그들은 물러났습니까?"

"네. 안 가고 버텨서 허벅지가 스치도록 몇 방 먹여줬어요. 살짝 스친 정도이니 작전에도 문제없을 거고, 경고도 확실하게 해놨으니 다시 오진 않을 거예요."

"……."

그렇다면 다행이다.

"일단 오늘은 여기까지 하고, 내일 또 얘기해요. 우리가 이러고 있으면 저 사람들 아무래도 불안해할 것 같아서요."

"네."

한지원은 바로 자리에서 일어나 자리를 옮겨갔다. 그녀가 옮겨간 곳엔 안젤리카가 지친 얼굴로 쉬고 있었다. 두 사람이 러시아어로 대화를 시작했다. 아깐 영어였지만 지금은 러시아어다. 아마도 두 사람의 대화를 듣고 저 여성들이 심적인 안정을 찾길 바라는 마음에서 나온 배려 같았다.

"자야겠다."

아영이 피곤한지 먼저 적당히 자리를 정리하고 누웠다. 아영은 모포를 덮고는 곧바로 잠에 빠져들었다. 그렇게 잠든 아영이를 잠시 보던 석영은 자리에서 일어났다. 바위 뒤로 조금 걸은 뒤에 담배를 꺼내 입에 물었다.

치익.

"후우……."

담배 연기가 모락모락 피어오르자 가슴이 좀 편안해지는 것 같았다. 나무에 등을 기대고 피우고 있는데 부스럭거리는 소리가 들렸다.

"치사하게 혼자 피우러가요?"

"얘기 중이었잖아요?"

"그래도요. 좀 기다려 주지."

뭘 기다릴 것까지야…….

고작 담배 하나 피우러 가는 건데 말이다.

"장세미 대장한테는 연락했습니까?"

"이미 오벨리스크 지역으로 들어간 것 같아요. 위성 전화가 안 돼요."

"음."

"걱정 마요. 이 정도는 나 혼자 결정할 수 있으니까."

"……."

다 피운 담배를 발로 짓이기고는 하나 더 입에 물었다.

"꼬마 하나가 석영 씨 따른다면서요?"

"벌써 그게 귀에 들어갔습니까?"

"후후, 그럼요. 민간인 접촉은 최우선 보고 사항이랍니다."

"흠, 그냥 에너지바 하나 줬을 뿐입니다."

"그 아이한테는 그 행동 자체가 조심해야 할 사람에서, 조심하지 않아도 될 사람으로 인식하게 만드는 큰 계기가 됐을 거예요. 아직 애라서 심리적으로 불안한 상태인데 여기 유일한 남자인 석영 씨의 호의가 그 아이에게는 자신을 지켜줄 사람이라는 인식을 저도 모르게 심어준 거죠."

"그럼 평상시라면 안 그랬겠네요?"

"지금이 전시 상황보다도 빡세잖아요?"

피식.

하긴, 그럴 수도 있다.

불안에 떨다가 건장한 사내가 지켜준다는 인식을 가지면 의지하는 것도 무리가 아니었다. 성인 여성들이야 이미 험한 꼴을 봤기 때문에 석영에 대한 경계가 상당할 것이다. 하지만 아이는 아직 정상적인 사고가 형성되지 않았을 테니, 손길에 내밀어준 석영에게 의심을 거두고, 의지하게 되는 것도 무리는 아니었다.

"트럭 불렀으니까 내일 새벽에 바로 출발할 거예요. 그러니 지금부터라도 좀 쉬어두세요."

"네."

한지원의 말에 고개를 끄덕인 석영은 아영이 새근새근 잠들어 있는 자리로 돌아왔다.

"어머."

그런데 아까 그 아이가 그 근처에서 두리번거리다가 석영을 보고 종종종 다가왔다. 왜 왔을까? 한지원이 쪼그리고 앉아 머리를 쓰다듬자 아이는 또 해맑게 웃었다. 아까 준 물티슈로 얼굴을 닦았는지 아이의 생김새가 자세하게 보였다.

예쁜 아이였다.

안고 있던 게 엄마가 맞는지, 전형적인 슬라브계 미인의 특징을 그대로 가지고 있었다. 짙은 눈망울, 오똑한 코, 도톰한 입술, 계란형이라 부르는 갸름한 턱 라인까지, 크면 남자 꽤나 울릴 아이로 자랄 것 같았다.

"먹을 거?"

한지원이 그렇게 묻자 아이는 고개를 도리도리 저었다.

"어, 아냐?"

지금까지 제대로 못 먹었을 테니, 먹을 걸 내어준 석영에게 또 뭘 달라고 온 줄 알았는데 그게 아니었나 보다. 아이는 석영과 한지원을 번갈아 보다가, 석영을 향해 팔을 쭉 내밀었다. 그 모양새가 꼭 안아달라고 하는 것 같았다.

"이야, 석영 씨 사랑받네요?"

한지원이 그렇게 놀렸지만 석영은 반대로 몸이 굳어버렸다. 아이가 이렇게 다가오는 건, 아까도 말했듯이 처음이었기 때문이다. 석영이 머뭇거리자 한지원이 다시 입을 열었다.

"거절하면 애 울겠는데요? 얼른 안아줘요."

"음……."

석영은 어쩔 수 없이 자세를 낮추고 팔을 뻗었다. 그러자 마가리타가 환하게 웃으며 바로 석영의 품에 안겼다. 아이의 본능일 것이다. 석영은 그렇게 생각하기로 했다. 씻지 못해 마가리타에게서 풍기는 향은 가히 좋지 못했지만 석영은 그런 걸 티낼 정도로 참을성이 없는 사내는 또 아니었다.

안고 일어나자 마가리타의 엄마와 눈이 딱 마주쳤다.

여전히 불안감을 담고 있었지만 그래도 아까보단 많이 풀려 있었다. 마가리타가 환하게 웃다가, 입을 열었다.

"영어 할 줄 알아요?"

마가리타가 한 글자 한 글자 또박또박 영어로 석영에게 물어왔다. 석영은 조금, 이라고 대답했다. 그러자 마가리타는 또 작게 웃더니 입을 열었다.

"도와줘서 너무 고마워요. 히어로? 의 이름을 알고 싶어요."

감사 인사와 함께 이름을 물어서 석영도 한 글자 한 글자 또박또박 자신의 이름을 말해줬다. 처음에는 제대로 못 따라 했지만 나중에는 그래도 저엉, 석영. 혹은 정, 서경, 이 정도까지는 발음을 했다.

"고마워요, 정말. 나랑 엄마, 언니들, 구해주고 도와줘서 정말 고마워요."

마가리타의 말에 석영은 대답 대신 그냥 고개만 끄덕였다. 솔직히 결정을 내린 건 한지원이지만 이 어린 소녀는 석영에

게 그 인사를 하고 있었다. 한동안 안고 있다가, 석영은 이제
그만 자야지? 하고는 바닥에 내려줬다.

마가리타는 똑바로 석영을 올려다봤다.

"내일은 리타(Рита)라고 불러줘요. 내 애칭이에요."

"그래, 그럴게."

아이에게 약한 걸까? 석영은 마가리타, 리타의 말에 순순히
고개를 끄덕여 주고는 그렇게 대답했다. 한지원이 그게 예뻤는
지 자신이 먹을 몫의 에너지바를 건넸지만 리타는 고개를 저
었다.

그러곤 한지원에겐 러시아어로 '욕심을 부리면 안 된다고 배
웠어요' 이렇게 대답하곤 다시 엄마에게 달려가 품에 안겼다.

"아씨, 나도 아직 못 안겨본 품인데… 부러운 것."

잠에서 깬 아영이 잠꼬대처럼 몽롱하게 흘린 말에 석영은
그냥 피식 웃고 말았다. 한지원도 큭큭거리곤 자기 자리로 갔
다. 석영은 뭔가 좀 얼떨떨한 기분이었지만 곧 가라앉히고, 자
리를 적당히 만지고 누웠다. 높게 자란 침엽수 때문에 별빛은
보이지 않았다. 뭔가 따뜻한 감정들이 가슴속에 둥둥 떠다니
고 있었지만, 석영은 애써 정리하고 잠을 청했다. 하지만 저도
모르게 입꼬리가 작게 찢어지는 건 막지 못했다.

러시아에서 처음으로, 잠들기 전에 기분 좋은 미소를 지은
석영이었다.

새벽에 일어난 석영은 전투식량으로 끼니를 해결했다. 모름지기 잘 먹어야 제대로 된 사고와 전투도 치를 수 있는 법이라 항상 몇 개의 전투식량은 남겨뒀다. 물론 그 몇 개를 제외한 먹을거리는 전부 피난민들에게 양보했다.

7시.

해도 제대로 뜨지 않은 시간부터 이동 준비를 끝마쳤다.

치익.

─한 중위님, 도착했습니다.

트럭으로 물자를 운송하는 대원에게 무전이 들어왔고, 한지원의 지휘 아래 조용히 숲을 빠져나가기 시작했다.

숲을 빠져나가니 한지원의 팀에 배정된 두 대의 트럭이 보였다. 트럭은 한국 군대에서 흔히 볼 수 있는 수송 트럭과 흡사했다.

"흠……."

트럭 두 대를 보는 한지원은 고민에 빠졌다.

트럭 두 대에 아무리 많이 타봐야 백 명을 넘기지 못했다. 게다가 그들만 태울 수는 없어 대원들도 같이 태워야 하는 상황이니 자리가 턱없이 부족했다. 이런 건 고민해 봐야 답은 하나밖에 없었다.

"최대한 태울 수 있는 만큼 태우고, 남은 사람은 걸어가야겠네요."

사실 이 정도야 한지원도 어제 고민했을 거다.

"일단 아이랑 부상자부터 태워."

한지원은 안젤리카에게 가서 사정을 설명했다. 그녀는 굳은 얼굴로 고개를 끄덕였다. 방법이 없는 거다.

"어쩔 수 없지. 태울 인원은 내가 선별할게."

"그래줘. 안전한 곳까지 빠지고 다시 태우러 올 거니까, 힘들어도 도보로 좀 이동하는 걸로 하지."

"그러지."

안젤리카는 짧은 대화 이후 모여 있는 피난민들에게 사정을 설명했다. 트럭은 두 대고, 탈 수 있는 인원은 한정되어 있다. 반나절 거리의 안전한 베이스캠프로 아이와 부상자부터 태워 나른 다음 다시 트럭은 돌아올 거다. 힘들어도 건강한 사람들은 걸어서 이동하자, 이런 내용이라고 한지원이 통역해 줬다.

피난민들은 고개를 끄덕여 수긍했다. 사실 그녀들로서는 한지원과 그녀의 대원들에게 엄청 큰 도움을 받고 있는 중이었다. 여기서 괜히 투정을 부려봐야 좋을 꼴을 보기는 힘들다는 것도 여성 특유의 직감으로 깨달았다.

그리고 워낙에 안젤리카가 이들을 휘어잡아 놓은 상태였다. 몇 명의 군인으로 200명 정도를 인솔해야 하니, 적당하게 두

들겨 버린 여자도 분명히 있었다. 그러니 찍소리 안 하고 아이들부터 탑승시켰다.

"왜, 왜 안 타려고 그래?"

그런데 작은 문제가 생겼다.

리타가 안 올라타겠다고 투정을 부리기 시작했기 때문이다. 마가리타의 엄마는 리타의 고집 때문에 적잖이 당황한 얼굴이었다. 리타가 징징거리다가 석영을 바라봤다. 그러곤 양 팔을 안아달라는 듯이 쭉 뻗었다.

"오빠, 언제 나 몰래 애를 낳은 거야?"

옆에서 지켜보던 아영이 픽 웃으며 한 말에 대원들 사이에 나지막한 웃음이 둥둥 떠다녔다. 그녀들은 신기했다. 어제 잠깐 본 아이가 이 정도로 따르는 게. 근데 석영은 더 신기했다. 그 정도로 자신이 의지할 만한 사람인가 생각해 봤는데, 당연히 그 정도는 아니었다. 석영이 안아주지 않자 리타는 울기 일보 직전까지 갔다.

"출동!"

아영이 등을 툭 밀어서 석영은 어쩔 수 없이 리타에게 다가갔다. 석영이 다가오자 리타는 울음을 멈추고, 다시 환하게 웃었다. 구름이 걷히고 내리쬐기 시작하는 햇빛이 리타의 얼굴을 밝혔다.

천사 같았다.

석영은 진심으로 리타의 미소를 보며 그런 생각이 불쑥 들었다. 앞으로 다가가자 대원들은 다른 아이들과 부상자들을 먼저 태우기 시작했다. 리타의 엄마는 어쩔 줄 몰라 하면서 리타의 옆에 조심스럽게 서 있었다.

"누가 통역 좀 해줄래요?"

"내가 해줄게요."

그렇게 말하기 무섭게 한지원이 옆으로 슥! 다가왔다. 석영은 리타의 앞에 한쪽 무릎을 굽히며 자세를 낮췄다. 그러자 리타는 바로 다가와 석영의 목에 팔을 두르며 안겨왔다.

"같이 갈래요."

그러곤 속삭이듯 자신의 뜻을 전했다.

사뭇 단호한 의지의 전달이었지만, 석영은 아쉽게도 그래선 안 된다는 걸 알고 있었다. 잘 먹지도 못한 상태다. 그러니 지금은 아쉬워도 트럭에 타서 이동하는 게 낫다.

"리타."

"같이 갈래요!"

"리타, 내 말 들어봐."

내 말 들어봐 부터 한지원이 통역을 시작했다. 리타는 한지원과 석영을 번갈아가 보다가, 나중엔 석영을 직시했다. 석영은 이 작은 천사 같은 아이를 어떻게 설득해야 하나 싶었다. 누누이 말했지만 이런 쪽으로는 내성이 없었다. 그래서 그냥 솔직하게 말하기로 했다.

"리타는 어른처럼 빨리 걸을 수 있어?"

"…아니요."

도리도리 고개를 저으며 나온 대답이었다. 떼는 쓰지만, 그래도 거짓말은 하지 않아 다행이었다.

"그래서 리타가 같이 가게 되면, 많은 사람들이 피해를 입어. 지금은 가야 할 길을 빨리 못 가면 위험해지거든. 리타는 본 적 있니? 개미를 닮은 괴물."

"네."

"그 괴물이 쫓아오면 리타도, 같이 가는 사람들도 위험해져. 리타는 그러길 바라니?"

"아니요."

"그래서 지금은 같이 갈 수 없어. 하지만 걱정 마. 아저씨도 리타가 가는 곳으로 갈 거니까."

"오래 걸려요?"

"오늘밤이 지나면 도착할 거야."

"……."

히잉.

그 말에 다시 울상이 되는 리타의 모습에 석영은 이상하게도 웃음이 나왔다. 그러다가 아이 때문에 이렇게 웃어본 적은 처음이란 생각이 들었다. 참 신기한 일이었다. 한국에서도 애들을 보고 이렇게 웃지 않았던 석영인데, 지금은 그냥 웃음이 나왔다. 정석영이란 인간을 논할 때 빼뜨릴 수 없는 아싸 기질이 빠져나가 버린 건가? 그런 생각도 들었다.

"그러니 걱정 말고, 먼저 가 있어. 아저씨는 남은 사람들이랑 안전하게 보호해서 최대한 빠르게 갈게."

"약속할 수 있어요? 오늘 밤이 지나면 온다는 말."

"그래."

신기하게도 리타는 새끼손가락을 내밀었다. 러시아에도 새끼손가락을 거는 풍습이 있던가? 그런 생각이 들었지만 지금 당장 고민할 문제는 아니라 석영은 리타의 손에 자신의 새끼손가락을 걸었다.

그제야 리타는 다시 환하게 웃었다.

안심한 리타는 석영의 목에 두르고 있던 팔을 풀고, 여전히 미약한 불안감을 가진 눈빛을 하고 있는 엄마한테 달려가 안겼다. 그렇게 대화하는 사이 트럭은 이미 두 사람의 자리를 빼놓고 빼곡하게 피난민들이 올라타 있었다. 위에 있던 대원의 도움으로 리타의 엄마가 먼저 타고, 그다음 석영은 리타를 올려줬다.

엄마가 리타를 가슴에 안고 일어섰다.

그래, 그 순간이었다.

픽!

붉은 핏줄기가 사정없이 튄 순간은…….

투슈웅…….

그리고 그 뒤에 익숙한, 너무나 익숙한 총성이 마치 메아리처럼 넓은 평야에 울려 퍼지기 시작했다.

꺄아아!

트럭에 타고 있던 사람들, 땅에 있던 사람들, 너 나 할 것 없이 트럭 뒤로 몸을 숨겼다. 하지만 석영은 멍하니 고개만 들고 있었다.

'어… 뭐지?'

무슨 일이… 벌어진 거지?

주륵, 입에서 피를 흘린 리타의 엄마가 실 끊어진 인형처럼 무릎을 꿇더니, 풀썩 앞으로 쓰러졌다. 그리고 리타는 엄마의 품에서 나와, 그대로 굴러 떨어졌다. 석영은 반사적으로 리타를 안았다.

꺄아아!

꺄아아악!

고막이 멍멍할 정도로 피난민들의 비명이 마치 회오리처럼 모여 승천하고 있었지만 석영에게는 조금의 피해도 주지 못했다.

웅, 우웅.

귓속으로 이명(耳鳴)이 울리기 시작했다.

"석영 씨!"

"오빠!"

본능적으로 몸을 피했던 한지원이 석영에게 달려왔다.

지이잉…….

그때 등골을 타고 소름이 돋았고, 이질적이나 익숙한 감각이 몸으로, 뇌리로 전달됐다. 석영은 그 신호에 본능적으로 몸을 틀었다.

퍽!

탄이 흙바닥에 박혔고, 그 힘에 메말랐던 대지가 터져 비산했다.

투슈… 우우웅…….

그리고 이번에도 뒤이어 총성이 들렸다.

와락 달려든 한지원이 석영을 잡아끌었고, 아영이 방패를 세우고 석영의 앞을 막아섰다. 그때까지도 석영은 이 상황이 잘 이해가 가질 않았다. 한지원의 손길에 의해 트럭에 강제로 몸을 기댔을 때도 마찬가지였다.

그저, 멍했다.

"리타?"

"……."

리타는 대답이 없었다.

아니, 있긴 했다.

"끄륵, 끄으으……."

발작적으로 숨을 내쉬고 있으니 그것도 대답이라면 대답이라고 할 수 있을 것이다. 한지원이 얼른 포션을 꺼내, 리타의 목에다가 부었다. 탄은 리타의 엄마 등부터 관통해, 안겨 있던 리타의 목 옆까지 같이 긁고 나갔다.

치이익!

포션이 일으키는 거품, 증기를 보며 석영은 천천히 이 상황이 이해가 가기 시작했다.

'누가 저격을 했어……. 탄은 리타 엄마의 몸을 뚫고, 리타까지 뚫었어. 그래, 그래서 리타가 지금…….'

근데 누가?

누가 저격했지?

석영은 착 가라앉은 눈빛으로 리타를 바라봤다. 이런 자신이 참 싫고, 밉지만… 석영은 리타는 회생하기 글렀다는 생각을 하고 있었다. 벌써 이 작은 천사의 눈빛에서는 생기(生氣)가 천천히, 아니, 급속도로 빠져나가고 있었다.

자신이 괴로운 건지도 모른 채로, 죽어가는지도 모르는 채로 리타는 끅끅거렸다. 그리고 그 작은 몸부림은 얼마가지 않았다. 포션을 닥치는 대로 부었지만 채 5분을 버티지 못하고, 리타는 축 늘어졌다.

리타의 손은 아직까진 따뜻했다.

저도 모르게 잡고 있던 고사리 같은 손에선 여전히 따스한 온기가 느껴졌다. 하지만 곧 천천히 식어갈 것이다.

피식.

그걸 생각하니 석영은 어쩐지 기가 막혔다.

"큭, 큭큭……."

그래서 웃으면 안 되는데, 웃음이 나왔다. 진짜 웃으면 안 되는데, 웃음이 나왔다. 동시에 전에 없을 정도로 머리가 팽팽 돌아갔다. 싸늘한 웃음이 입가에 맺힌 것도 이쯤이었다.

"오, 오빠……?"

아영이 놀란 눈빛으로 석영을 불렀지만, 거기에 대꾸할 마음이 들지 않았다. 석영은 인벤토리를 열어 활을 꺼냈다. 그리고 시위를 잡아 당겼다.

"어딥니까?"

"네?"

"저격 지점."

한지원이라면 파악했을 것이다.

수없는 작전으로 더 이상 경험이 필요 없을 정도인 그녀는 분명 저격수의 위치를 파악했을 것이다. 정확하지 않아도 상관없었다.

어차피… 폭격할 거니까.

한지원은 말없이 손끝으로 한 지점을 가리켰다.

두드드득.

시위 당기는 소리가, 시위가 팽창하는 소리가 모두가 침묵한 가운데 울리기 시작했다. 그리고 새까만 화살 한 대가 석영의 의지를 받들어 형성되고 있었다. 적이 누군지 상관없었다. 총성이 울린 걸로 보아 분명 사람일 것이란 것도 알고 있었다.

'근데 그래서 뭐?'

사람인데 뭐?

인간인데 뭐 어쩌라고.

신형을 돌린 석영은 한지원의 손끝이 가리키는 방향을 확인했다. 넓은 평야 끝, 언덕이 시작되는 부분, 저격하기 딱 좋은 지형이었다. 듬성듬성 바위도 보이니 숨기도 진짜 최적이었다.

치익.

─저격수 확인. 부대 확인.

시위를 놓기 전 무전이 들어왔다.

전에 없이 딱딱하게 굳은 목소리였다.

치익.

"보고."

치익.

─외인부대입니다. 지금 퇴각하고 있습니다.

치익.

"라저. 폭격할 거니까 신속하게 이탈하도록."

치익.

―네.

피식.

그 짧은 무전에 석영은 또 웃고 말았다.

외인부대?

어제까지만 해도 한지원의 말은 그리 믿지 않았다. 그래서 그들에게 별다른 감정도 없었었다. 그런데 지금은 아니었다. 석영은 저도 모르게 눈을 뜬 채, 생명을 잃은 리타를 바라봤다.

'오늘부터는 아니야.'

철천지 원수.

모조리… 죽여주마.

히죽.

싸늘한 미소에 진득한 살의와 광기마저 섞이기 시작한 그 순간, 타천 활에서 새까만 어둠이 솟구치기 시작했다.

episode 56
사신의 분노

콰과광……!

콰앙!

콰웅!

연달아 울리는 폭음에 또다시 꺄아아! 비명이 난무했지만 석영은 멈추지 않았다. 속사, 추적, 익스플로젼, 클레어모어까지.

다중 의지가 담긴 석영의 폭격은 그 언덕을 아예 쑥대밭으로 만들기 시작했다. 바늘로 쑤시는 통증이 뒷골을 타고 올라왔지만 석영은 멈추지 않았다. 한곳이 아닌 넓은 구역, 그 뒤까지 그냥 마구잡이로 폭격했다.

먼지와 돌 그리고 비산하는 어둠.

그리고 천지를 쪼갤 기세로 떨어지는 타락 천사의 심판까지.

장관이었다.

마치 몇십억을 들인 불꽃놀이처럼.

하지만 살벌했다.

그 폭격에 깃든 진득한 살의와 광기는 온 세상에 자신의 존재감을 각인시키려는 모양인지 더없이 무시무시한 기세를 풍겨댔다.

"석영 씨, 그만! 그만해요!"

"오빠!"

주륵! 폭포처럼 터진 코피에 놀란 한지원과 아영이 보다 못해 석영을 말렸다.

와락! 하지만 석영은 그 손길을 뿌리치고 다시 시위에 손가락을 걸었다.

'그만하라고?'

왜?

왜 그만두어야 하는데?

리타를 죽였는데, 왜?

어제 만난 소녀다.

정을 쌓기엔 너무나 짧은 시간 동안 안 소녀다.

마가리타.

석영에게 천사의 미소를 보여준 아이.

그 아이에게 석영은 저도 모르게 굳게 닫아놓았던 문을 열어주고 있었다. 아니, 그 아이가 강제로 열고 들어오고 있었다. 앞날은 몰라도 그 아이는 아마 석영과 이어질 인연이었을 것이다.

좀 전에 왜 그랬는지는 알 수 없지만… 그 저격만, 그 저격만 없었다면 말이다. 그런데 그만하라고?

석영은 받아들일 수가 없었다.

눈동자가 새까맣게 물들어가고 있었지만, 그 또한 개의치 않았다. 알았다고 한들, 전혀 중요한 사항이 아니라는 말이다. 새까만 어둠이, 석영의 의지를 담은 화살이 다시금 시위에 매달리기 시작했다.

빡!

빠각!

순간 둔중한 충격이 뒷목과 복부에서 느껴졌다.

"언니……!"

그리고 의식이 혹, 세상이 빙글 뒤집히듯이 시야와 함께 꺼졌다.

"후."

스르륵 사라지는 새까만 활, 그리고 엎어지는 석영을 안은
한지원은 쓴 한숨을 흘려냈다.

"언니……."

그리고 그 옆에서 아영이 눈동자에 불길을 틀어놓고 으르렁
거렸다. 석영을 끔찍하게 생각하는 아영이다. 그런 동생 앞에
서 석영의 배와 머리를 두들겨 의식을 뺏었으니, 그녀가 저런
반응을 보이는 것도 무리는 아니었다.

아니, 당장 방패를 들이밀고 도끼를 휘갈기지 않은 게 다행
이었다. 착한 동생이지만 빡치면 물불 안 가리는 걸 잘 알기
때문이다.

"미안. 석영 씨가 너무 흥분해서 어쩔 수 없었어. 이 상태에
서 이성을 잃으면 전부 위험해지고."

"그래도… 이건 아닌 것 같은데?"

"피 터진 거 봤잖아? 더 갔으면 몸에 걸린 과부하 때문에
석영 씨에게 더 안 좋았을 거야!"

"……."

히죽.

스산하게 웃고 있던 아영은 결국 인상을 풀고 입술을 질끈
깨물었다. 머리는 이미 이해를 완료했는데, 가슴이 버럭버럭
대들고 있었다. 절대로 이해하고 싶지 않다고. 내 남자에게 폭
행을 가하는 건 그 어떤, 그 누구도 용서할 수 없다고. 그 다

짐은 나레스 협곡에서부터 지금까지, 아니, 앞으로도 절대로 깨지지 않을 그녀 혼자만의 다짐이었다.

"이번만이야……."

"그래."

아영이 뿜어내는 살벌한 기세에 질린 피난민들과 태연한 척하고 있지만 아영을 경계하고 있는 대원들까지 분위기는 아주 최악이었다.

게다가 인간의 짓으로, 군인의 짓으로 판단되는 저격까지 모든 게 최악이었다.

"일단 피난민들을 후방으로 수송한다. 차량으로 바리게이트 치면서 걸어가는 피난민들과 속도를 맞추도록."

네!

네!

다부진 대원들의 대답과 동시에 장내가 정리되기 시작했다. 아군 전사자가 나올까 봐 가져왔던 비닐 팩과 드라이아이스가 모녀를 위해 사용됐다. 작은 체구의 마가리타가 비닐 팩에 담기자 한지원의 눈매가 살벌하게 꿈틀거렸다.

그 옆에서 키득키득거리는 나창미의 얼굴은 흡사 악귀에 가까웠다. 석영 혼자 분노한 게 아니었다.

자신들이 보호하는 피난민에 대한, 민간인에 대한 저격은 한지원과 나창미를 제대로 자극했다.

석영은 아영이 트럭에서 보호했다.

그렇게 거북이처럼 느린 행렬이 평야를 빠져, 안전한 후방 지대로 이동을 시작했다.

*　　　　　*　　　　　*

해가 질 때쯤에나 겨우 후방 베이스캠프의 중간 지점에 도착해 휴식을 취하기 시작했다. 한지원은 딱딱하게 굳은 얼굴로 트럭에서 내리는 아영에게 다가갔다.

"석영 씨는?"

"자고 있어. 아무래도 아까 정신력을 너무 썼나 봐. 예전에 휘드리아젤 대륙에서도 저렇게 쓰러지곤 며칠 만에 깨어났거든."

"후우, 그래."

짜증이 몰려왔는지 인상을 잔뜩 쓴 채 머리를 다시 고쳐 묶은 한지원은 문보라를 불러 피난민들에게 아까 트럭에 실어온 전투식량을 나눠주라고 지시했다. 그녀들은 수척했다. 걸어서 움직여 피로한 탓도 있지만, 예상치 못한 마가리타 모녀의 죽음이 정신적으로 매우 슬프게 만들었기 때문이다.

또한 자존심에 제대로 스크래치가 난 대원들이 뿜어내는 기세에 질린 탓도 있었다. 하지만 생존 본능은 그 모든 걸 뛰어넘어, 대원들이 건네주는 전투식량에 고개를 박게 만들었다. 한지원도 아영과 함께 전투식량을 먹었다.

"어떡할 거야?"

"석영 씨 일어나고 얘기해 봐야지."

"언니 얼굴 보니까, 많이 화난 것 같은데?"

"나?"

포크를 내려놓은 한지원이 아영을 향해 피식 실소를 흘려 줬다. 아영은 평소의 웃음과 별다를 게 없는 한지원이 어쩐지 무서웠다. 아까야 흥분해서 대들긴 했는데, 한지원은 천하의 김아영도 꼬리를 말게 만들 실력자이며, 성격을 가지고 있었다. 그녀를 잘 아는 아영은 딱! 감을 잡을 수 있었다.

'이 언니도 많이 빡쳤구나……'

하지만 그걸 최대한 감추면서 오늘 하루를 보내고 있었다. 열불이 끓는데 참는다? 그게 얼마나 힘든지 아는 사람은 아주 잘 알 것이다.

"하여간 언니도 진짜 대단하다."

"뭘 이런 걸 가지고. 그나저나 너무 세게 때렸나? 이제 슬슬 일어날 시간 됐는데 안 일어나네."

"그러게 좀 적당히 하지. 오빠 멍 아주 제대로 들었더라!"

"어머, 그랬어?"

"그래! 흥!"

평소의 한지원과 김아영의 관계 같지만, 지금의 대화에는 어딘가 모를 요상한 감정들이 곳곳에 숨어 있었다. 걱정, 분노, 등등의 감정이었다. 행복한 감정이나 이런 게 하나도 없어 대화를 하면 할수록 점점 분위기는 처져갔다.

끼이익, 덜컹.

그때 트럭의 문이 요란스럽게 열렸다. 워낙에 조용했던지라 모든 이들의 시선이 그쪽으로 옮겨갔고, 인상을 잔뜩 찌푸린 채 내리는 석영을 볼 수 있었다.

"어, 오빠!"

아영이 바로 일어나 도도도 달려갔다.

두둑, 두둑!

목을 비틀어 푼 석영이 한지원을 바라봤다.

"미안해요."

"아니요. 이성을 잃을 뻔했는데, 감사합니다."

석영의 말에 그녀는 그냥 애매한 웃음만 지었다.

석영은 한지원의 앞에 앉아, 담배를 꺼내 입에 물었다.

치익.

종이가 타들어가는 소리가 워낙에 주변이 조용하니 무슨 천둥소리처럼 들렸다. 담배를 태우는 석영의 표정은 시시각각 변했다. 아마 마가리타가 저격을 당한 순간부터의 기억이 순차적으로 떠오르고 있는 과정에서 생긴 변화일 것이다. 30초

만에 전부 떠올렸는지, 입술을 까득 깨문 석영은 한지원을 조용히 바라봤다.

그 눈빛에는 수많은 감정이 담겨 있었다.

"……."

"……."

어둠이 내려앉았지만 석영의 눈빛은 이미 지이잉거리는 느낌과 함께 빛나고 있었다. 한지원은 석영의 눈빛이 한없이 불길하다는 생각을 해버렸다.

진홍과 새까만 어둠이 만나 마치 욕조에 풀어놓은 수백 마리의 미꾸라지처럼 꾸물거리는 느낌? 석영의 눈빛은 딱 그랬다. 한지원은 그런 석영의 진득한 눈빛을 보면서 이후 그가 할 행동이 뭔지 바로 알 수 있었다.

저런 눈빛을 한 사내가, 저런 표정을 한 저격수가 결코 이대로 넘어갈 리가 없었다.

"리타는 어디 있습니까?"

"하아, 따라오세요."

감정이 담긴 석영의 말에 한지원은 한숨과 함께 그를 안내했다. 가장 앞에 트럭의 짐칸으로 올라가 빛을 비추니, 새까만 비늘이 보였다. 크고 작은 검은 비늘 중 작은 비늘의 지퍼를 내리니 다시 투명 비닐이 나왔다.

석영은 라이트를 위쪽으로 올렸다. 안개가 낀 것처럼 드라이아이스가 퍼져 있어 얼굴은 잘 보이지 않았지만 윤곽만으로도 석영은 리타를 알아봤다.

하루, 딱 하루였다.

정이 들기에는 짧은 시간이었다.

하지만 이상하게도 다가왔던 리타의 행동은 그 짧은 시간 동안 석영이 걸어뒀던 빗장을 열게 만들기에 충분했다.

석영은 라이트를 켠 채 철푸덕 앉아 리타의 얼굴을 한참을 바라봤다. 처음은 아니었다. 죽은 사람을 떠나보내는 것은.

아버지, 어머니도 떠나보낸 경험이 있기 때문이었다. 하지만 이번엔 뭔가 달랐다. 가슴을 뭉갰다가 다시 뭉치고, 늘어뜨렸다가 다시 뭉쳐놓는 것 같은 기분 나쁜 느낌. 석영은 그 느낌을 받으면서 점차 착 가라앉아 갔다.

10분쯤 보고 일어난 석영은 지퍼를 다시 올리고, 차에 내렸다.

"후우, 한 대 더 할래요?"

"……"

대답 대신 고개만 끄덕여 한지원이 내민 담배를 받아 입에 물자, 그녀가 손을 뻗어 지포라이터로 불을 붙여줬다. 지포라이터 특유의 휘발유 냄새가 코끝으로 스며들어 왔다.

"이제 어쩔 생각이에요?"

"답은 정해져 있는 걸 알면서 묻다니, 악취미네요."

"흐음."

석영은 큰 눈을 껌뻑이는 아영에게 시선을 옮겼다.

"너는 어쩔 거냐?"

"답? 무슨 답?"

"······."

대답 대신 지긋이 노려보자, 아영이 얼른 손사래를 쳤다.

"알았어, 알았어. 오빠랑 갈 거야! 그런 눈으로 좀 보지 마!"

아영의 대답에 석영이 다시 한지원에게 시선을 돌렸다.

"난 지금 저들 때문에 바로 자리를 뺄 순 없어요. 후방으로 빠졌다가 같이 가잔 제안을 할 생각이었는데··· 석영 씨 눈 보니까 안 되겠네요."

"······."

"그래도 하나만 약속해 줘요. 무리하지 않겠다고. 천천히 가겠다고. 그리고··· 내 몫도 남겨주겠다고."

"그건 장담 못 합니다."

"그래도 해줘요. 지금 정석영 씨, 당신만 빡친 게 아니거든요. 감히 내가 지키는 사람들을 저격했어요. 나랑 창미 언니, 내 전우들. 다들 이런 엿 같은 상황만 아니었으면 그 새끼들 쫓아가서 죄다 모가지 돌려 버렸을 거예요."

씨익 웃는 한지원의 미소는 즐겁기보다는 스산했다. 찬바람이 쌩쌩 부는 정도가 아니라 살벌함이 아주 가득했다.

하지만 석영은 어쩌면 한지원의 부탁을 들어주진 못하겠단 생각이 들었다. 왜냐고? 지금 석영은 결코 그들을 양보할 마음이 없었기 때문이다.

'반드시 잡아서 이유를 들어본다.'

물론 이유를 듣고 나서도 살려둘 생각은 없었다.

"그런데 석영 씨, 그놈들 찾을 방법은 있어요? 당신이나 아영이나 척후나 탐색을 해본 경험은 없잖아요."

"있습니다. 이런 일에 특화된… 친구들이."

"오호, 그래요?"

"네."

석영은 언제 꺼냈는지 모를 반지를 손바닥 안에서 굴리며 대답했다. 민무늬 은반지. 시중에서는 단 돈 몇만 원으로 살 수 있지만, 이건 그런 반지들과 달리 아주 특별한 반지였다. 반지 뒤편에 이름을 확인한 석영은 눈을 감고, 의식을 집중했다. 그리고 수십 초 뒤, 석영의 앞에 은백색의 환한 빛이 터지기 시작했다. 빛은 20여 초간 계속 지랄 발광하는 것처럼 꾸물거렸고, 어느 순간 시꺼먼 물체를 웩! 토해내곤 급속도로 응축되어 사라졌다.

"꺅!"

뱉어진 시꺼먼 물체가 바닥에 엉덩방아를 찧고는 새된 비명을 질렀다. 그다음엔 엉덩이를 문지르며 고개를 들고 두리번

두리번거렸다.

"어?"

"오랜만이야, 송."

휘드리아젤 대륙 북방 민족 출신, 추적과 척후의 스페셜리스트 송을 석영은 지구로 송환했다.

송은 처음엔 매우 놀랐지만 금방 적응했다. 신기한 눈으로 주변을 슬쩍 슬쩍 둘러봤지만 어느새 안정을 찾았고, 석영은 그런 송에게 짧게 상황을 설명했다. 송은 석영이 진지한 얘기를 꺼내자 바로 몰입했다.

천진난만함이 있는 그녀지만, 이래봬도 타 차원에서는 알아주는 추적 전문가였다.

"아하, 그럼 저를 그 나쁜 놈들을 쫓기 위해 부른 거예요?"

"응, 송 말고 당장 부탁할 사람이 없어서."

"에헤헤."

송은 부끄러운 듯 몸을 꼬았고, 그런 송을 석영의 옆에 앉아 있는 아영이 눈을 가늘게 뜨고 노려봤다. 그러면서 음산하게 혼잣말로 '뭐야, 몸은 왜 꼬는데… 꽈배기냐……. 확 밧줄로 꼬아 버릴까 보다……' 이렇게 중얼거리고 있었다.

"에헴! 제가 또 추적이라면 자신이 있지요!"

"내일 새벽부터 움직일 거야. 최대한 빨리… 놈들을 찾았으면 좋겠어."

"그래요? 그럼 저 혼자는 좀 힘들어요. 음… 매, 매도 불러 주심 안 될까요?"

"매를?"

"네. 제가 정석적인 타입이라면, 매는 반대로 감각적인 스타일이거든요. 그러니 둘이 같이 움직이면 훨씬 **빠르게** 찾을 수 있을 거예요."

"……."

송(松)과 매(魅).

둘은 친자매였다.

휘드리아젤 대륙의 북방이라 알 수 있는 초원 제국 발바롯사 태생이며, 어릴 적부터 동물을 사냥하며 살았기에 추적에는 둘 다 이골이 나 있는 자매였다.

"매한테도 반지가 있나?"

"네, 오빠가 주고 간 반지는 발키리 간부들이랑 휘린 아가씨와 헨리 경, 라울에게 골고루 나눠졌어요. 아, 딱 한 개는 오렌 님이 가지고 있어요."

"흠……."

석영이 가지고 있던 게 열 개. 그리고 아영이 가진 게 다섯 개였다. 아영은 그중 세 개를 양도했고, 석영은 오기 전에 차샤에게 열세 쌍의 반지 중 하나씩을 전부 주고 왔다. 그걸 차샤는 골고루 나눠준 모양이었다.

반짝이는 눈으로 석영을 바라보는 송. 그런 송을 못마땅하게 바라보는 아영. 그런 둘을 재미있는 시선으로 보고 있는 지원.

석영은 송의 부탁을 들어주기로 했다.

다만 지금은 아니었다.

"새벽에 출발할 때 부르는 걸로 하지. 동생은 일찍 일어나지?"

"우리 둘은 매일 해가 뜨기 전에 일어나요, 헤헤."

헤실헤실.

석영은 원래 송의 캐릭터가 이랬었나? 하는 의문이 들었었지만 그냥 넘어가기로 했다. 이로써 어느 정도 정리가 됐고, 다들 자리를 깔고 누웠다. 석영은 다른 생각을 하지 않고 일단 자기로 했다.

내일 새벽부터는 긴 하루가 될 게 분명했기 때문이다. 석영은 기대감과 함께 이를 부득 갈았다. 눈을 감았더니 리타의 얼굴이 불쑥 떠올랐다. 딱 하루 전, 정말 딱 하루 전에 리타는 석영에게 미소를 보여줬다.

천사 같은 미소로 석영의 마음을 따뜻하게 만들어줬었다. 그런데 하루가 지난 오늘은 그런 리타의 미소를 상상으로밖에 볼 수 없게 되어버렸다. 인생이란 어느 순간에 엔딩이 올지 그 누구도 알 수 없다고는 하지만 석영은 그 엔딩이 강제적인 엔덩이라서 분노가 일어났다. 그리고 궁금했다.

'어떤 새끼들인지…….'

지금이야 이렇게 있지만 내일부터 추적에 나서는 순간, 석영은 자신이 매우 달라질 것이라는 걸 알고 있었다. 지금은 사람들도 많고 해서 겨우겨우 감정을 눌러놓은 상태였기 때문이다.

'이성을 잃지 말고 냉정하게, 그리고…….'

잔인하게.

석영은 지금의 기분이라면 희대의 살인마도 될 수 있을 것 같단 생각이 들었다. 그런 생각을 하면서 석영은 조금씩 수마에 잠식당해 갔다.

그날 밤, 석영은 피눈물을 흘리는 어린 천사를 만났다.

*   *   *

송은 아침까지 눈을 껌뻑이며 신기한 과학 문명의 이기에 흠뻑 빠져 있었다. 흥! 하고 콧방귀를 뀌며 아영이 건네준 아침을 먹고 나서도, 계속 새로운 세계를 구경하기 바빴다. 물론 눈치는 있어서 대놓고 구경하진 않았다.

"그럼 전 베이스캠프까지 갔다가, 후속으로 출발할게요."

"네."

이른 새벽 아침을 챙겨 먹고, 한지원이 피난민을 이끌고 떠났다. 가방 가득 전투식량과 에너지바를 넣었으니, 앞으로 추적에 대한 문제는 끝난 셈이었다. 석영은 길게 끌지 않고 바로 또 하나의 반지를 쥐고, 염원했다.

의중으로 이루어진 질문이 오갔다.

그리고 이번에도 수십 초가 지나기 전에, 공간이 일그러지며 어제와 같은 은백색의 빛 무리가 형성되기 시작했다. 포탈보다는 좀 더 짙은, 마치 회오리 같은 빛 무리는 이번에도 수십여 초 만에 시꺼먼 물체를 토해내곤 응축되어 사라졌다.

"음……."

나지막한 신음과 함께 몸을 일으키는 매.

매는 역시 송과는 달랐다.

얼굴은 물론이거니와, 아담한 송과는 다르게 매는 늘씬하게 뻗은 체형이었다. 송의 귀여운 얼굴과도 다르게 섹시미와 차가움이 같이 공존하고 있었다. 그런데 어제 송의 얘기대로라면 오히려 반대다.

성격은 차갑지만, 감각적으로 행동하는 매.

성격은 활발하지만, 정석적으로 행동하는 송.

참으로 신기한 자매다.

꾸벅.

"오랜만에 뵙습니다."

그리고 노엘과 아주 흡사한 군인 말투.

매의 특징이었다.

초원을 떠도는 풍습이 아직도 활발한 몽고, 그곳의 5% 정도의 인구를 차지하고 있다는 카자흐족의 생김새와 아주 흡사했다.

"매! 매! 할 일 생겼어!"

"웅, 언니. 근데 언니 큰일 났어."

"어? 왜?"

"차샤 단장이 혼자 갔다고 이를 북북 갈고 있어. 아리스 부단장도 같이. 노엘 단장은 오면 산 들어갈 준비하래."

"으… 으악!"

송의 얼굴이 대번에 창백해졌다.

이미 감정이 뚝 떨어진 상태로 들어선 석영이야 둘을 보고도 무덤덤했지만, 아영은 둘을 신기하게 바라봤다.

송이 그렁그렁한 눈으로 석영을 바라봤다.

"그, 그 두 분은 불러주시면 안 될까요……?"

"누구, 차샤랑 아리스?"

"네… 저희 둘만 여기 있다간… 어째 돌아가기가 겁나서요."

송의 애원에 석영은 잠시 생각해 봤다.

차샤와 아리스.

근접전에서는 아영이와 붙어볼 만한 휘드리아젤 대륙의 용병들이다. 그곳의 기준으로는 최상급에 도달한 무력은 분명 이곳에서도 충분히 도움이 될 것이다.

"오빠, 근데 가다가 개미 새끼들 만나면 어떡해?"

"……."

그리고 아영이 한 말이 훅! 귓속으로 들어오면서 석영은 너무 하나에만 집중했다는 걸 깨달았다. 그래, 지금은 리타를 저격한 새끼들을 추적할 생각이긴 하지만, 그러다가 만약 몬스터를 만나면?

석영과 아영이 있으니 백 단위까지는 커버가 가능했다. 아영이 막아주고 석영이 저격하면 되니 말이다. 하지만 그 이상이라면? 그건 튀는 게 정답이었다. 아예 상대를 안 하는 방법도 있었고. 하지만 꼭 그렇게 흘러간다는 보장은 없는 거다.

석영은 무력을 어느 정도 확보하는 것이 확실한 안전에 도움이 될 거라는 판단을 내렸다. 그 판단으로 곧 두 개의 은백색 빛 무리가 더 생겨났다가, 닫혔다. 그리고 두 사람이 휙 던져지듯이 다른 세상으로 튀어나왔다.

"오… 이런 거구나? 뭔가 기분이 거시기한데?"

피식.

차샤가 소환되자마자 한 말에 석영은 웃음을 흘리고 말았다.

"공기는 조금 다르네요? 흥, 뭔가 텁텁해."

아리스도 나타나마자 한 소리를 흘리곤 긴 생머리를 쓸어 모아 단정하게 묶었다. 저 둘을 보자 뭔가 감회가 새로웠다. 이곳 지구에서 한지원이 등을 맡길 수 있을 정도로 믿음직하다면, 저들은 다른 차원 휘드리아젤 대륙에서 등을 맡길 수 있을 정도로 신뢰를 쌓은 사람들이었다.

"오랜만이네?"

"그러게."

"통 안 와서 서운했었다고?"

"설명은 하고 갔잖아? 그런데 노엘은?"

"거기도 남아 있는 간부는 있어야지. 다 오면 애들 관리랑 라블레스 상단 호위는 누가 해?"

"하긴, 그것도 그러네. 휘린은 잘 있나?"

"왕국을 집어삼킬 기세로 커나가는 중이지. 여왕의 전폭적인 지지를 등에 업고 말이야."

"다행이네."

자신을 믿고 따르는 여동생 같은 존재가 휘린이다. 평소에는 생각이 안 났지만 이들을 보니 자연스럽게 떠올라 물었는데, 잘 있다니 다행이다.

"후후. 뭐, 인사는 여기까지 하고. 우릴 불러들인 이유는?"

차샤는 깔끔했다.

송처럼 다른 세계에 관심을 두기보다는, 석영이 이곳으로 불러들인 이유를 먼저 물었다. 석영은 그 이유를 간단히 설명했다. 짧고 간단한 설명에 차샤가 피식 웃었다.

"그러니까 이유도 없이 민간인을 저격한 군대가 있다는 거지? 오십 명 정도로 이루어진."

"맞아."

"송과 매를 부른 이유는 추적 때문이고."

"……."

대답 대신 고개를 끄덕이자, 차샤는 하아, 한숨과 함께 다시 입을 열었다.

"여기나 우리 세상이나, 피에 미친 새끼들은 어디에도 있구나. 그래서 찾으면? 어쩔 생각이야?"

"……."

대답 대신 석영은 비릿한 조소를 입에 걸었다.

먼저 건드리지 않으면 절대 상대에게 해를 입히지 않는다. 석영은 그렇게 살아왔다. 하지만 지금은? 지금 이 상황에서 석영은 어떤 선택을 내릴까? 답은 정해져 있었다. 차샤는 석영의 표정에서 그 선택이 뭔지 알 수 있었다.

"좋아. 우리를 부른 이유는? 설마 한 손 거들어달라는 이유는 아닐 거고."

"말했듯이 몬스터가 소환되어 있어. 추적 중에 마주칠 수 있어서 팀이 필요해."

"그런 건 또 우리 전문이지. 근데 왜 우리 둘만?"

"반지를 누굴 줬는지 몰라서."

"아하."

"일단 명단을 건네줘. 지금은 빠른 이동을 해야 하니 그냥 우리끼리 가고. 나중에 위급한 상황에 부를 생각이니까."

"그러지. 그보다… 당신도 오랜만이네?"

차샤의 시선이 아영이에게 넘어왔다.

그러자 아영이 씩 웃곤 손을 내밀었다.

석영이 기절하고 나서 한 차례 트러블이 있긴 했었지만, 그 정도야 이미 왕성 내전 이후에 홀홀 털어 넘긴 지 오래였다.

"우리가 주의해야 할 게 뭐지? 무턱대고 들이닥칠 수는 없잖아?"

석영은 말 대신, 이런 상황을 대비해 한지원에게 부탁해 한 자루씩 얻은 소총과 바렛을 꺼냈다. 두 총기를 아영과 석영이 쥐자 네 사람의 시선이 쏙 모여들었다.

"오… 예전에 본 것 같은데?"

"내전 당시 저격수가 쓰던 게 이런 무기야."

"그래? 음……."

안 좋은 기억이 떠오른 차샤가 인상을 잔뜩 찡그렸다. 석영은 바로 시범을 보였다. 바위를 손으로 가리키고, 3점사로 돌려 그대로 갈겼다.

따다당!

바위가 순간 진동하더니, 크게 먼지를 토해냈다. 먼지가 가라앉고 다가간 넷은 얼굴을 잔뜩 굳혔다.

"지랄이네, 이거?"

"활이나 크로스보우와는 완전 다른데?"

차샤와 아리스의 말에 송은 침을 꿀꺽 삼켰다. 매는 그저 덤덤한 눈빛으로 바위를 살폈다. 석영은 다음은 바렛의 기능을 알려줬다. 숙련된 저격수가 저격할 수 있는 있는 기본, 최대 사거리부터 파괴력까지.

그 말을 들은 차샤의 인상이 팍 찌그러졌다.

"뭐야, 우리 죽이려고 부른 거야?"

"해결은 내가 해."

"그럼 왜 불렀는데."

"그건 아까 설명했고."

"……."

차샤의 찌릿한 눈빛이 꽂혔지만 석영은 개의치 않았다. 그놈들을 넘기고 싶은 마음은 조금도 없었다.

"내키지 않으면 돌아가도 좋아."

"누, 누가 싫대? 그냥 들러리 취급하니까 그렇지!"

"호위 일엔 익숙하잖아?"

"그래도!"

빽 소리치는 차샤 때문에 석영은 아영이를 돌아봤다. 그러자 아영이는 그 시선에 담긴 의미를 파악하고, 고개를 도리도리 저었다. 자긴 안 저렇다는 뜻이지만 석영이 보기에 둘은 거기서 거기였다.

"저기."

다시 입을 열려는 찰나, 낮은 목소리로 나온 매의 말에 시선이 다 휩쓸려 그쪽으로 넘어갔다. 그런 시선을 받으며 매는 이번에도 담담하게 말을 이었다.

"이럴 시간 동안 차라리 이동하는 게 나을 것 같은데요."

매의 말에 일행은 대화를 끝내고 바로 출발했다. 천천히 뛰듯, 구보 수준으로 이동하다 보니 금방 어제 사고가 난 자리에 도착할 수 있었다. 아직도 지워지지 않은 핏자국이 석영의 기분을 한없이 추락시켰다.

"여기네. 저격 포인트는… 저기구만. 다 헤집어놓은 걸 보니."

차샤는 당시 상황을 금방 파악했다.

송이 슬금슬금 움직여 차샤가 가리킨 저격 포인트로 이동했다. 석영이 헤집어놓은 포인트에 도착하니 사지가 찢겨진 채 죽은 시체 두 구가 있었다. 초원에 어울리는 군복. 안전하다는 마법 통신 신호에 석영도 그곳으로 이동했다.

"……."

개새끼들…….

꽁꽁 얼어붙은 시체 두 구.

수염이 가득한 전형적인 유럽인 둘이었다.

석영은 이를 부득 갈았다.

이 개자식들이 리타의 목숨을 거둬갔다. 그걸 상기하자 다시금 분노가 일어났다. 그런 석영을 툭툭 쳐서 진정시킨 차샤가 시체를 뒤졌다. 물품 자체가 다르지만 이런 기본적인 조사는 당연한 일이었다.

"쯔쯔, 어쩌자고 저격수를 건드려서는……. 니들은 차라리 다행일 거다. 뒤지는 줄도 모르고 이승 하직했으니. 남은 놈들은 더 처참할 거야."

낄낄.

나직하게 웃는 차샤의 목소리에 석영은 그녀가 건넨 지갑을 꺼내 들었다. 죽은 놈의 지갑. 그 안엔 50달러 정도와 사진이 있었다. 가족사진으로 보였다.

피식.

가족사진을 보자마자 기가 막혀 웃음이 또 흘러나왔다.

'가족이 있는 새끼가… 민간인을 건드려?'

한지원이 그랬다.

이놈들, 외인부대일 가능성이 높고, 그래서 못 올라오게 한 것에 대한 보복일 것이라고. 그래서 뒤로 물러나 꼬박 하루를 기다렸고 차량을 노린 거라고. 흔한 군번줄도 없고 나이도 한창때가 지난 걸로 보아, 아무리 봐도 퇴역 군인들 같았다.

이곳 러시아에는 아마 석영과 비슷한 이유로 들어온 것 같았다. 하지만 그런 이유들은 이제 다 소용이 없게 되었다.

"송, 매."

"네!"

"네."

전혀 다른 톤의 대답 두 개가 동시에 들려왔다.

"부탁할게."

"맡겨두세요!"

"움직이겠습니다."

이번에도 다른 대답.

이후 둘은 아영에게 전투식량을 두 개씩 받곤 바로 움직였다. 추적의 전문가. 정석대로 적을 쫓는 송과, 감각에 상당부분 의지하는 매. 둘이 같이 움직이면 시너지 효과는 장난 아니었다.

둘은 움직인 지 10분도 채 안 되어 본대가 있었을 거라 예상이 되는 장소를 발견했다. 짓이겨진 수풀. 일회 용기를 담았을 종이봉투. 다 먹은 전투식량의 봉투와 같이 쓰레기들이 가득한 곳이었다.

"흐흐, 이 정도는 보통이죠, 뭐."

송은 그렇게 웃고는 곧바로 이동 경로까지 찾아냈다. 행군이다. 게다가 다들 무거운 배낭을 소지한 채라 걸을 때마다 풀은 짓이겨진다. 그게 수십 개가 이루어진 곳으로 움직이면 되는 거다.

"언니, 여기. 이쪽이 가장 최근 같아."

"그래?"

그렇게 이동의 흔적이 남은 곳은 두 군데였는데, 매가 가장 최근 이동 경로를 파악해 냈다. 송은 자세히 살피곤 고개를 끄덕였다.

"저희는 이제 빨리 움직일게요. 중간중간 우리 용병단 방식으로 표식을 남겨둘 테니까 쫓아오세요!"

"……."

석영은 대답 대신 고개만 끄덕였다.

슝!

두 사람은 거의 날듯이 뛰어가기 시작했다. 순식간에 사라지는 두 사람을 보며 석영은 담배를 하나 꺼내 물었다.

치익.

"후우……."

"오빠."

"응."

"괜찮겠어?"

아영이의 질문에 석영은 그녀의 얼굴을 똑바로 바라봤다. 차샤와 아리스도 석영에게 다가왔다.

"당신, 사람의 목에 제대로 칼질 해본 적 없지?"

"……."

그거야 당연히 그렇다.

하지만 '사람'이라 인식하는 이들을 저격한 적은 있다. 그것도 백 명 이상이다. 나레스 협곡에서 기습을 받았고, 홀로 그 적을 삼분에 이 이상 죽였다. 왕성에서도 마찬가지다. 종탑에 올라 지휘관으로 보이는 자들을 눈에 보이는 족족 저격했다.

하지만 그건 다른 차원에서 벌였던 일이다.

이곳은 지구.

어렸을 적 교육과정에서부터 뿌리 깊게 심어진 도덕적 가치가 분명 석영에게도 있었다. 아영은 그걸 걱정해서였다.

차샤와 아리스는 이미 용병 생활을 하며 수없이 많은 죽음을 보고, 겪고, 직접 행했다. 그래서 적에 대한 가치관은 죽음으로밖에 보질 않았다.

"괜찮아."

석영은 고개를 저어 아영의 걱정을 단숨에 털어버렸다. 한 번 작정하면 끝을 보는 게 또 석영의 심성 중 하나였다. 그런 석영이 이번엔 아주 작정을 했다. 솔직히 지금이야 정상처럼 보이지만, 먼저 떠난 두 자매가 그놈들을 찾아내면?

"말릴 생각이라면 그냥 돌아들 가."

석영이 툭 던진 한마디가 아영의 입술을 삐죽이게 만들었고, 차샤는 어이없다는 듯이 웃게 만들었다. 아리스는? 그냥 평소처럼 생글생글한 웃음을 지은 채 석영을 보고 있었다.

"뭐, 다른 세상 나들이도 한번 해보고 싶기도 했고… 자, 슬슬 갈까?"

씩 웃으며 한발 물러나는 차샤의 말에 석영은 고개를 끄덕이곤 담배를 비벼 껐다.

"우리가 먼저 움직일 테니까, 체력 조절 잘해서 쫓아와요. 하루 정도 거리가 있는 거니까. 그리 오래 걸리진 않을 거예요."

"그렇게 빨리요?"

아리스의 말에 아영이 되묻자, 그녀는 고개를 끄덕였다. 은색을 띤 머리카락이 바람에 나부끼는데, 한 폭의 영화처럼 아름다웠다. 하지만 여기 중 그 누구도 그런 그녀의 미모에 정신이 팔리는 사람은 없었다.

"고작 하루예요. 들은 대로 수가 오십이면 당연히 소수인 우리보다 움직임도 늦죠. 그리고 주구장창 이동만 했다는 보장도 없으니까, 아마 하루 이틀 정도면 따라잡을 수 있을 거예요."

"아하……."

"후후, 그럼 움직일까요? 단장 언니. 내가 앞에 설게. 언니가 가장 뒤쪽에서 와."

차샤가 고개를 끄덕이자 도를 슬쩍 뽑았던 아리스가 탁! 소리가 나게 다시 집어넣고는 송과 매가 사라진 곳으로 뛰기 시작했다. 그리고 그 뒤를 아영, 석영, 차샤 순으로 서서 달리기 시작했다.

이동은 해가 중천에 걸릴 때까지 계속됐다.

                    *   *   *

송과 매는 확실히 대단했다.

딱 하루.

소환하고 딱 하루가 지났을 뿐인데 놈들을 잡아냈다. 게다가 송과 매는 사실 확인을 위해 척후로 나온 병사 둘을 잡는 기염을 토했다.

"헤이, 헤이!"

미국인이 확실해 보이는 놈이 나무에 사지가 묶인 채 석영을 보며 소리쳤다. 눈빛에 억울함이 가득해서 어쩐지 미안한 마음이 들 정도였다.

"이런 건 경험 없지?"

차샤의 질문에 석영은 어떻게 할까 하다가, 그냥 고개만 끄덕였다. 그러자 씨익 웃는 차샤. 새하얀 치열이 예리하게 반짝였다.

"그럼 질문해. 나머진… 나한테 맡기고."

뻑킹!

수염이 잔뜩 난 미국인의 말에 석영은 천천히 그에게 다가갔다.

"어제 어디 있었지?"

"이러고도 무사할 것 같냐……?"

으르렁거리는 미군을 보며 석영은 피식 웃고 말았다. 아마 이 두 놈의 눈엔 석영을 빼고 전원 여성이니 만만해 보였을 것이다. 그리고 석영도 마찬가지로 보고 있을 것이다. 그래서 석영은 정석으로 가기로 했다.

"소속."

"뻑유!"

"소속."

소속, 소속, 소속.

연거푸 다섯 번을 물었지만 역시나 답은 없었다. 그래, 솔직히 피를 안 보고 심문이 가능할 거란 생각은 안 했다. 이놈이 만약 다른 부대라면 문제가 되겠지만 석영은 송과 매를 믿었다. 저격 포인트에서의 흔적을 쫓아왔으니 틀릴 가능성은 거의 없었다.

스르릉.

차샤가 허리에 교차해 차고 있던 쌍도 중 하나를 꺼냈다.

예리하게 날이 선 도가 살벌하다 못해 아름답게까지 느껴졌다.

"우리가 말이 통하려나 모르겠지만. 난 이런 거 좋아해."

스으윽.

목에 댄 도를 살며시 아래로 흘리자 피부가 얇게 저며졌다.

"크윽! 빽!"

"소속."

"요, 용병이다!"

어라, 벌써?

차샤가 용병의 대답에 피식 웃으며 안타까움을 토로했다. 예상했던 답 중 하나였기에 석영은 가만히 고개를 끄덕였다. 어차피 다국적 부대의 정체를 추측할 때 외인부대, 그리고 용병. 이 두 가지가 전부였기 때문이었다.

스윽.

차샤의 도가 이번엔 반대쪽 목으로 향했다.

그 움직임에 용병의 눈가에는 짙은 불안이 담기기 시작했다. 기가 조금씩 꺾이고 있다는 증거였다.

"대답만 잘 해주면… 살려는 줄게."

"크으……."

"어제 새벽, 네놈들 짓이지?"

"무슨 짓……!"

"민간인 저격한 거."

"…아, 아니다!"

피식.

석영은 답을 들었다.

놈은 아니라고 했지만 찰나 간 눈동자에 스쳐 지나간 떨림을 분명하게 봤다. 육감이 발달하기 시작하면서 사람의 말에서 거짓의 유무 또한 직감적으로 느껴질 때가 있었다. 지금이 딱 그랬다.

놈은 아니라고 했지만 그건 분명히 거짓말이었다.

그리고 눈동자의 떨림. 이건 답이나 다름없었다.

"맞네. 너네 짓……."

"아, 그건 우리가 한 게……!"

"맞잖아."

석영의 목소리가 축 깔렸다.

그리고 가라앉아 있던 눈동자 속의 빛이 일렁이기 시작했다. 그 눈빛에 놈은 겁을 한 바가지나 집어 먹었다.

"흐윽……."

"정말 궁금한 게 있는데… 왜 그랬어?"

"그, 그건……."

"피를 보기 꺼려해서 이렇게 질문하고 있는 게 아니라는 것쯤은 너도 잘 알 거야. 그러니 솔직하게 대답하는 게 좋아."

"그, 그… 전날의 보복이라고……."

"……."

역시.

한지원이 저들의 성향을 파악하고 못 오게 만든 것에 대한 보복이었다. 이 또한 예상하고 있었기 때문에 크게 놀라지 않았다.

"목표는?"

"사, 사냥……."

사냥이라는 단어를 내뱉을 때 놈의 눈가 일렁이는 살심을 이번에도 석영은 확실하게 파악했다.

러시아의 환란을 이용해 처먹으려는 놈들이다. 용병이었으니 돈은 있을 테고, 유저권을 산 다음 신체를 강화하고, 그다음 더러운 목적과 욕구를 해결하기 위해 러시아에 온 놈들이었다.

"이 새끼들, 살려둘 가치가 없는 새끼들이네요."

가만히 듣고 있던 아리스의 입에서 나온 말에 석영은 고개를 끄덕였다. 이놈들이 말한 사냥, 거기엔 몬스터 말고, 아마 사람도 포함되어 있을 것이다. 전쟁을 겪은 이들이 가장 고생

하는 게 바로 PTSD, 즉 외상후 스트레스 장애다. 그걸 못 이기고 약물에 손을 대거나, 자살하는 군인들이 상당히 많았다.

그 두 가지를 선택하지 않고 장애가 주는 욕망에 몸을 맡긴 것들이 바로 저런 용병들이다. 이들은 PMC(Private Military Company) 같은 영리 기업에 몸을 의탁하여 내전 지역으로 파견 나가 그 더러운 욕구를 풀어낸다.

석영도 인터넷에서 이런 얘기들을 들어본 적이 있었다. 그런데 그런 놈들과 엮일 거라고는 예상도 못 했다.

그것도 안 좋은 일로 말이다.

"살려둘 거야?"

칼을 거둔 차샤의 질문에 석영은 용병 둘을 가만히 바라봤다.

한 놈은 아가리를 막아놔서 읍읍거리고만 있었고, 석영의 질문에 답한 놈은 눈알을 이리저리 굴리고 있었다.

이 상황에서도 살고 싶은 욕구가 아주 샘솟는 둘을 보며 석영은 그저 웃었다. 그런 석영의 머릿속에 두 가지의 욕망이 꿈틀거렸다.

풀어줄 것인가.

여기서 처리할 것인가.

물론 전자를 선택한다고 해도 석영은 굳게 다짐한 리타의 복수를 멈추고 싶지 않았다. 당시 보고대로라면 총 50명이다. 그중 둘이 석영의 광기 어린 난사에 죽었으니 총 48명이다. 많다면 많은 숫자겠지만 석영은 그리 많게 느껴지지 않았다.

　"우, 우릴 풀어주지 않으면 본대에서 금방 알 게 될 것이다!"

　"주기적으로 연락이라도 하는 모양이지?"

　"그, 그렇다!"

　후방에 남아 있던 놈들이니 그럴 가능성이 충분했다.

　그때였다.

　빼어놓은 두 놈의 짐에서 치잇! 무전 소리가 들려온 게.

　─어이, 마이클, 통신 시간 똑바로 안 지킬래?

　짜증 가득한 무전에 석영은 잠시 놈을 보다가, 무전기를 손에 쥐었다.

　이 무전 덕분에 어떻게 할지 방향을 잡은 석영이었다.

　치잇.

　"기다려."

　치잇.

　─누구냐……? 마이클은?

　치잇.

　"니들이 죽인 작은 천사의 곁으로 보내줄 테니까. 이놈들도, 그리고 네놈들도."

치잇.

─뭐……?

석영은 한지원에게 받은 글록을 꺼내 마이클이란 놈의 머리에 겨눴다. 몬스터만 악마가 아니었다.

"어, 어? 사, 살려……."

놈이 눈을 동그랗게 뜨고 빌기 시작하자, 석영은 통신 버튼을 누른 상태에서 그대로 방아쇠를 당겼다.

타앙……! 타앙!

악마로 변한 인간들이다.

개미 새끼들보다 더욱 악독한 몬스터였다.

이런 놈들을 살려둬서 뭐 해?

석영의 입가에 싸늘한 미소가 걸렸다.

복수이자, 사냥의 시작이었다.

숲이 크다.

넓었다.

어둠이 내려앉은 밤이 되자, 그 숲은 더욱 더 넓어졌다.

온 세상이 어둠이란 이름의 나무를 심은 숲이 된 것 같았다.

긴 밤의 시작이었다.

*   *   *

자박.

빠드득.

"……."

석영은 발끝에 걸리는 걸려 잘게 쪼개진 나뭇가지를 보며 잠시 걸음을 멈췄다.

'역시 그건 못 따라 하나……'

석영은 송의 걸음을 따라 하려 했었다. 체구가 작긴 하지만, 삭삭 뛰어다니는 데도 조금의 소리도 들리지 않는 기가 막힌 워크. 그런 걸음이 있다는 것 자체를 석영은 처음 알았고, 주의 깊게 봤다가 따라 하려 했었다.

하지만 역시 불가능했다.

의식하는 순간, 시야가 좁아졌다.

피식.

석영은 그냥 웃고 말았다.

안 되는 건 안 되는 거다.

'대신 다른 걸 잘하면 되니까……'

저 멀리 어둠 너머, 나뭇가지 쪼개지는 소리에 반응해 주변을 둘러보는 용병 둘이 보였다. 석영은 천천히 화살 통에서 철시를 꺼내, 시위에 걸었다. 화살도, 활도 전부 다른 걸로 바꿔 든 석영이었다.

이유?

이유야 당연히 있다.

'최대한… 아프게 해줘야 하니까……'

드, 드드드, 드드드, 드드득.

타천 활로 한 방에 보내기엔 '리타의 죽음이 너무나 원통하지 않을까?' 그런 마음에서 나온 무기의 교체였다.

두웅!

시위를 놓자 확실히 타천 활과는 비교하기에 둔한 소리가 울렸다.

쇄애애애액!

그리고 공기를 가르는 소리 또한 달랐다.

하지만 꽤나 마음에 드는 소리라고 석영은 생각했다.

픽!

"끄아악……!"

화살이 정확히 어깨를 뚫고 들어갔고, 그 기세를 죽이지 않고 관통, 뒤에 있던 바위에 깊숙이 처박혔다.

푸슝! 푸슝!

픽! 픽!

석영의 근처에 있던 나무가 크게 터져 나갔다.

하지만 이미 총구를 들 때 각은 계산해 뒀다. 그리고 고작 저 정도에 사격에 부상을 당하는 건 스스로가 절대 용서할 수 없었다.

두드드드드득!

시위에 철시가 다시 걸렸고, 그대로 날았다.

쇄애애애액!

퍽!

"칵!"

이번에도 총을 든 어깨 쪽을 제대로 꿰뚫고, 처음 저격처럼 바위가 아닌, 양팔을 벌려 안아도 부족할 나무에 그대로 박혀 들어갔다. 화살을 빼내려 아등바등 거렸지만 소용없었다. 휘드리아젤 대륙에서 쓰는 특수한 화살이었으니 말이다. 물론 화살은 송과 매에게 받았다. 그리고 예전에 휘드리아젤 대륙에서도 따로 구해서 인벤토리에 박아놨었다. 그걸 지금 아주 유용하게 쓰고 있었다.

휘유.

뒤쪽에서 작게 휘파람을 부는 소리가 들렸다.

장난기가 가득한 걸로 보아 누군지 금방 짐작이 갔다. 그러나 석영은 그쪽에 신경을 쓰지 않았다.

신경 쓸 겨를이 없었다.

'부비트랩……'

피식.

서늘한 눈으로 오른쪽 발 앞으로 걸려 있는 투명한 실선을 바라보는 석영의 눈빛은 싸늘하기 그지없었다. 시선을 앞으로 돌려보니 한 놈이 허리춤을 뒤지는 게 보였다.

"그러지 마……."

두드드득!

두웅!

석영의 손을 떠난 철시 한 발이 그대로 팔목 위를 뚫고, 땅바닥 깊숙이 박혔다. 물론 비명은 덤이었다. 하지만 그러고도 석영은 바로 가지 않았다. 이 용병놈들, 지독한 놈들이었다. 러시아까지 기어 들어와서 아직까지 살아남았고, 그동안 해친 민간인의 수도 상상을 뛰어넘었다. 아프리카 내전에서 활약하던 놈들로 이미 경험은 엄청났다. 다만, 약물 중독자가 태반이었다.

그런 놈들이라, 석영이 아는 가장 무서운 부대와 비교했을 때는 꽤나 손색이 있었다. 물론 장세미가 이끄는 부대가 기준일 때야 그렇다. 일반군과 비교하면 단연코 이놈들이 압도적으로 강하다.

'위험은… 아직 남았어.'

지잉, 지잉.

뒷골을 타고 흘러내려 오는 육감이 주는 정보에 의하면, 아직까지 저 두 놈이 심어놓은 부비트랩은 더 있었다.

본능이 주는 경고를 석영은 무시하지 않았다.

바보가 아니더라도 석영은 이 상황에서 어떠한 위협이 있을

지 파악할 수 있었다.

'지뢰?'

사실 남은 선택지는 그거 하나밖에 없었다. 군사 지식이 해박하면 좀 다른 걸 떠올려 보겠는데, 당장 석영이 아는 한 시선에 걸리지 않고, 대인 살상이 가능한 건 지뢰밖에 없었다. 하지만 그래도 지뢰를 저 앞에 몇십 개를 처박아놨어도 상관없었다.

왜?

안 다가갈 거니까.

석영의 눈에는 아주 잘 보였다.

놈들이 슬슬 경기를 일으키는 모습이.

아마 죽을 맛일 것이다.

느껴지지도 않고, 보이지도 않는 저격수가, 그것도 구시대 유물이라 할 수 있는 활로 자신의 몸뚱이를 뚫어서 바위와 나무에 고정시켜놨다는 이 상황이 믿기지도 않을뿐더러, 그 때문에 공포심이 거름을 잘 뿌린 토양에 뿌리내린 식물처럼 무럭무럭 자라나고 있을 것이다.

'아직은 많으니까.'

물론 그대로 방치해 줄 생각은 없었다.

치익.

—기타무라. 응답해, 기타무라!

"대, 대장⋯⋯."

일본 놈인가 보다.

얼굴에 덕지덕지 처바른 위장용 크림 때문에 인종은 분간이 안 가지만, 물론 이 또한 석영에게는 아무런 상관도 없었다.

쇄애애액!

퍽!

한 발의 철시가 무전기로 가려던 손을 손등부터 뚫고 다시 땅바닥에 고정시켜 버렸다.

"끄아아악!"

처절한 비명이 세상의 어둠을 찢어발길 기세로 퍼져 나갔다. 하지만 저 외침은 동료에게 보내는 구원 신호이자, 반대로 경고 신호도 같이 맡아줄 것이다.

쇄애애액!

두 발의 화살이 더 날았다.

그 화살은 각각 남은 팔도 꿰뚫고 바위와 나무에 단단히 틀어박혔다. 이걸로 저놈들은 절대로 스스로 화살을 뽑을 수 없을 것이다. 악에 받치고, 고통에 찬 비명이 계속해서 귓가를 간질거렸지만 석영은 무시했다.

'감사해. 리타는 그런 비명을 지를 순간조차 없었으니까.'

하룻밤.

고작 하룻밤이다.

시간으로 따지면 대략 열두 시간이 좀 넘으려나?

고작 그 시간이다.

그러나 석영에게는 그 하룻밤이, 그 열두 시간이 너무나 마음에 들었다. 러시아는 물론 미국에서도, 휘드리아젤 대륙에서도 석영은 정말 피비린내 나는 싸움을 계속했었다.

'죽이고, 죽이고, 또 죽이고……'

석영의 저격은 적의 숨통을 확실히 끊어놨다. 단 한 발의 오차도 없었고, 빌어먹을 멘탈 보정인가 뭐시긴가 때문에 죄의식조차 거의 느끼지 못했다. 마치 살아가려면 당연히 밥을 먹는 것처럼 어느 사인가 당연한 일이 되어버렸다. 석영은 지금쯤 깨닫고 있었다.

리타의 미소가.

왜 그렇게 찬란하게 느껴졌었는지.

그것은…….

'동경(憧憬)이었나.'

석영도 가졌었지만 시간이 지나고, 나이를 먹고, 자아가 성립되면서 잊어버린 것. 그렇게 석영은 나이를 먹으며 스스로를 고립시켰다. 아웃사이더. 좋게 불러줘야 아웃사이더이더지 왕따나 다름없었다. 은따거나.

아마 무의식에는 남들과 함께 지내고 싶다, 같이 웃고 떠들고 싶다, 이런 욕구가 있었을 것이다. 하지만 그건 상처 나고, 아물며 생긴 흉터에 가로막혀 세상의 빛을 볼 수 없었다. 그런 순간에 치고 들어왔던 게 김아영이다.

너무나 자연스럽게, 아무렇지도 않게 영역을 침범하고, 잘 걸어놨던 빗장을 도끼질로 박살 내더니 어느새 석영에게 가장 중요한 사람 중 한 명이 되어 있었다. 마음을 잘 열지 않던 석영에게는 이례적이었다.

어쨌든 석영은 바랐었다.

함께한다는 것, 함께 웃는다는 것을.

그게 리타의 등장과 함께 마치 시동이 걸린 엔진처럼 예열되고 있었는데, 너무나 허무하게 끝났다.

'여기까지.'

석영은 상념을 멈췄다.

지금은 여기까지 하고, 남아 있는 놈들을 처단하러 움직여야 할 때였다.

미련 없이 등을 돌린 석영은 다시 어둠을 헤치고 나아가기 시작했다. 그리고 어느 순간, 기척이 뚝 끊겼다. 그렇게 석영의 자리로 들어선 여인들이 있었다.

"워… 살벌하네, 살벌해."

차샤가 스윽 고개를 내밀어 악을 바락바락 쓰는 용병 둘을 보며 한 말에 아영도, 아리스도 동시에 고개를 끄덕였다.

"이걸로 열…… 사신이 따로 없네. 사신이 따로 없어."

"진짜 저렇게 열 받은 저격수 씨는 처음 보는 것 같은데……"

차샤의 말을 아리스가 받았고, 둘은 아영에게 고개를 돌렸다.

아영은 눈을 껌뻑거렸다.

"왜?"

"전에도 저런 적 있어?"

"아니. 처음 봐, 나도."

"어휴……"

아영이의 대답에 둘은 고개를 절레절레 저었다. 그러곤 그가 만들어놓은 제물로 다시 시선을 돌렸다.

인간 둘.

각각 어깨와 양팔에 화살을 서너 발씩 꽂고, 악을 바락바락 쓰고 있었다. 하지만 특수 제작된 화살은 조금도 꿈쩍이지 않을 것이다. 애초에 저렇게 고정하는 용도로 쓰는 화살이기 때문이다. 어디에 쓸까? 공성전이나, 절벽 같은 험지를 이동할 때 쓴다. 화살이지만 갈고리 형태다.

이런 용도로 사용하는 철시는 단언컨대 절대 평범한 게 아니었다. 무려 마도 제국 알스테르담을 지탱하는 네 개의 기둥 중 하나인, 제국 첩보대가 사용하는 철시이기 때문이다. 살상과 도구로도 쓸 수 있게 수백 년의 세월 동안 개량되어 온 놈이다. 한 번 제대로 박혀 들어가면, 그걸로 끝이다.

들어가는 순간 갈고리가 그대로 바위나 벽에 고정되고, 줄을 연결하고 성인 사내 다섯쯤 매달려도 그 체중을 견딘다. 바위나 절벽이 무너지면 무너졌지, 화살 자체는 절대로 뽑히지 않는다.

그걸 잘 아는 차샤라서, 저 제물의 운명과 이미 이전에 만들어진 제물들의 미래를 아주 잘 알 수 있었다.

"담담하고, 차분한 성격인 건 알았지만… 이런 냉정하고, 잔인함도 같이 품고 있었네."

"원래 그런 사람들이 더 무섭잖아요. 근데 단장 언니도 그런 스타일이면서, 뭐 남 말하듯 말해요?"

"나랑은 조금 다르지. 나는 그래도 깔끔하게 저승길로 보내주긴 하잖아?"

"아, 그건 그러네요."

낄낄.

후후.

둘은 입을 가리고 작게 웃었다.

"역시… 마음에 들어."

"어머, 라이벌 앞에서 대담한 발언. 아잉……."

"아, 맞다."

차샤가 장난스러운 얼굴로 아영을 돌아봤고, 아영은 그 말에 한쪽 입매만 꿈틀거리며 웃었다. 보통 이럴 때 아영이라면 폭발해야 정상인데 어쩐 일로 참고 있었다. 이유는 금방 밝혀졌다.

"오른쪽?"

"아니, 왼쪽이 재미날 것 같아."

"저는요… 앞에 있는 놈으로 할게요."

"그럼 내가 오른쪽."

파바박!

휘잉!

마치 닌자 만화나 영화에 나오는 인술(忍術)처럼 순식간 셋의 신형이 사라졌다. 가장 먼저 찰랑이는 은발을 더움 속에 물들여 놓은 아리스의 도가 백광을 뿜어냈다.

스그앙!

도집을 바꿨는지 고막을 자극하는 기괴한 소음이 퍼졌고, 그 뒤를 이어 까앙! 도면에서 불똥이 튀었다.

"어머나?"

세상에나.

"왓? 갓뎀!"

어둠 속에서 신사를 모욕할 때 쓰는 욕설이 찰지게 흘러나왔고, 아리스는 그 순간 거리 가늠을 끝냈다.

부숭!

빙글.

우아하게 한 바퀴 돈 아리스가 자세를 홀쩍 낮췄다.

어느새 도는 다시 집으로 들어가 있었고, 딱 알맞은 거리가 되자 그녀는 진각을 사뿐 밟았다.

퀴이이잉……!

서걱.

은빛 궤적이 어둠을 순식간에 갈랐다가 흩어졌다.

푸슈슈슈!

목이 미끄러지듯 떨어지고 새하얗던 단면이 순식간에 붉게 물들었다. 그리고 피를 아주 그냥 힘차게 뿜어냈다.

"어머."

뒤로 몇 걸음 물러나 솟구치는 피를 피한 아리스가 빙글, 신형을 돌렸다.

터엉!

무지막지한 기세로 사람을 후려치는 소리가 아리스 때와는 다르게 마치 '나 여기 있어요!' 광고하는 것처럼 요란한 기세로 울려 퍼졌다.

아리스는 하아, 한숨을 흘렸다.

저 여자는 이런 숲속에서의 전투를 치러본 적이 없고, 그래서 기본을 잘 모른다. 이 정도 소음이면 적이 모조리 몰려들고도 남는다. 어둠 속에서, 그것도 한밤에 저렇게 소리가 울리면 자다가도 벌떡 깰 것이다.

"왜, 요란스러워서?"

"네, 뭐."

어느새 목을 갈라 버린 시체를 질질 끌고 온 차샤가 피식 웃으며 물었고, 아리스는 한숨과 함께 대답했다.

"근데 뭐, 너도 만만치 않던데? 발도할 때 소리가 아주 그냥……. 산지사방 소리치고 다니는 것보다 크게 들리겠더라."

"저는 좀 특수하잖아요?"

"우리 정도면 다 눈치채거든?"

"우리 정도가 어디 흔한……."

재차 반박하려던 아리스는 중간에 끼어드는 삼자 때문에 말을 멈출 수밖에 없었다.

"맞아. 다 들리던데, 뭐."

질질질.

기절시킨 적을 끌고 온 아영이 앞에다가 휙 짐짝 던지듯 패대기쳤다. 얼굴에 새까맣게 위장 크림을 칠해놓아 나이도, 인종도 구분이 안 가는 용병을 보며 세 사람은 잠시 고민에 잠겼다.

몰래 기어 오기에 아리스와 차샤는 일단 잡고 봤고, 아영은 사로잡는 걸 택했다. 근데 사로잡고 나니 이걸 또 어떻게 해야 하나 곤란해졌다. 하지만 그 걱정은 쓸데없는 걱정이었다.

쇄애애액!

푸북!

"끄아악!"

어둠을 가르고 날아든 철시 두 발이 엎어져 있던 놈의 양 어깨를 그대로 꿰뚫고 들어갔다. 그리고 그것 때문에 차샤와 아리스의 표정에 잔금이 주르륵 가기 시작했다.

"어이… 못 느꼈다고?"

"후후, 저도… 그랬는데요?"

두 사람에겐 엄청나게 심각한 문제였다.

도가 두 사람의 주 무기지만 진짜 주 무기는 감각이었다. 흔히 말하는 육감. 전투 중 공간을 파악하고, 살기를 느끼고, 칼날이 공간을 가르는 소리를 듣고, 궤적을 유추한 뒤에 피하고, 반격하고, 이런 일련의 과정이 전부 두 사람의 특기였다.

그런데 지금은?

느끼지도 못했다.

어? 하는 사이 어둠을 가르고 날아든 철시가 그대로 어깨에 박혔다. 바람이 갈라지는 소리를 들었을 때나 둘은 석영이 화살을 날렸구나, 하고 느꼈다. 그럴 일은 없지만 만약의 경우 석영과 적이 됐다면?

소리를 듣는 순간 철시는 몸을 꿰뚫기 직전일 것이다. 물론 일반적인 저격이라면 충분히 피할 수 있었다.

정말 충분히 말이다.

하지만 그녀들이 아는 석영의 저격은 절대로 평범하지 않다. 이미 시선이 닿는 곳이라면 의지로 화살을 곡예 비행시켜 명중시켜 버리는 정석영이라는 인간의 저격이었다. 즉, 피해도 시선만 닿는다면 화살은 그대로 수직으로 틀어 몸뚱이에 꽂히고도 남을 뜻이란 소리였다. 그리고 지금 석영이 쓰는 무기는 그의 진짜 주 무기가 아니었다. 그 어떤 것도 꿰뚫어 버리는 타락 천사의 활이 있었고, 그건 말 그대로 정말 악마적인 능력과 파괴력을 보유한 무기였다. 화살의 속도와 관통력, 그리고 가끔 터지는 시꺼먼 뇌전까지. 석영이 그걸 들고 있는 순간은 그야말로 완벽한 사신이나 다름없었다. 그런데 지금은 무기를 바꿔 들었다. 그건 곧 본신 실력을 죽이는 선택을 했다는 뜻인데… 그런데도 이 정도였다. 차샤는 그걸 상기하자 소름이 돋았다.

"와, 이건 뭐……."

"점점 괴물이 되어가네요……. 게다가 지금은 근처에 있다는 기척조차 느껴지지가 않아요."

"그러게… 대체 어디서 쏜 거야? 짜증 나……."

두 사람은 무(武)를 숭상(崇尙)한다.

애초에 그런 마음이 없었다면 어린 나이부터 도를 들지도 않았을 것이다. 그런 두 사람에게 지금은 충격, 그 자체였다. 언제고 자신의 목숨을 날려 버릴 수 있는 존재가 있다는 사실은 소름을 돋게 만들기에도 충분했다.

"우와, 그때 내가 의뢰 안 받아들였으면? 어쩌면 적으로 만났을지도 모른다는 소리잖아?"

"단장 언니의 미래를 내다보는 혜안에 이 동생, 오늘 매우 감복하고 있어요……."

"그치? 감복하게 되지? 얍! 내가 이 정도야, 낄낄낄."

후후후.

웃으면서 장난스레 몸을 부르르 떠는 두 사람을 아영은 고개를 절레절레 저으며 바라봤다. 이 두 사람의 만담을 듣다 보면 분명 자신과 같은 과인데, 이상하게 적응이 안 됐다.

'이게 오빠나 지원 언니가 느꼈던 감정이었을까…….'

이런 생각까지 들었다.

하지만 그 생각은 곧 마무리가 됐다.

으아아아!

제대로 공포에 질린 비명이 어둠을 타고 너울처럼 넘어와 귀에 꽂혔기 때문이다.

"워, 벌써?"

"진짜 빠르긴 빠르다. 그나저나……."

고통에 의식을 잃은 용병 놈에게 세 사람의 시선이 내려갔다. 솔직히 말해 이렇게 내버려 두느니 그냥 목을 따주는 게 훨씬 더 감사한 일일 것이다. 하지만 그건 냉정하다 못해 얼음처럼 차가워진 저격수의 뜻에 위배되는 행위였다. 그래서 그의 뜻을 거스르고 싶지 않았다.

물론.

"내버려 둬, 그냥. 어차피 이렇게 뒈져도 싼 새끼들이니까."

"그렇죠? 후후."

"그 말에는 동감이요."

세 여자가 내려다보는 시선을 느꼈는지 기절했던 놈이 정신을 차렸다.

"사, 살려……."

피식.

살려달라고?

아영이 중지를 쭉 내밀고는 한마디를 툭 뱉어냈다.

"조슬 까세요."

가죠.

이러다 오빠랑 한참 멀어지겠네.

그 말에 세 사람은 부르르 떠는 놈을 떠나 어둠으로 물들어갔고, 이내 사라졌다.

혼자 남은 놈은 몸을 낑낑거려 보지만 이미 양어깨를 관통한 철시는 그의 몸을 차디찬 땅바닥에 훌륭하게 고정시켜 놓왔다. 그래서 정말 꼼짝도 할 수 없었다.

"아, 안 돼……. 흐흐, 여기서 이렇게……."

고통보다는 공포와 절망으로 가득 찬 탕에 담갔다가 뺀 것
같은 감정이 느껴졌다.

"안 되기는 뭐가 안 돼?"

그리고 석영이 이 말을 들었다면 분명히 그렇게 대답했을
것이다. 아주 냉소적으로 말이다. 살인에 맛을 들린 악마들.
악마에게 영혼을 판 인간들. 이들은 인간이라 부를 수 없었
다. 그래서 석영은 이 악마들을 살려둘 생각이 조금도 없었
다.

*   *   *

설마 지금 그 죄를 심판당할 줄은 꿈에도 생각 못 했을 것
이다.

"아파?"

석영의 질문에 크으윽! 하는 고통에 찬 비명만 답으로 돌아
왔다. 대신 놈은 사지가 꿰뚫렸는 데도 번들거리는 눈으로 석
영을 노려보고 있었다.

"누구냐……."

"나? 사냥꾼."

"지랄……."

큭큭! 크으……!

석영의 대답에 놈은 비릿하게 웃다가 올라오는 통증에 인상을 잔뜩 찌푸렸다. 석영은 이놈이 다른 놈들과 좀 다르다는 걸 알았다. 눈빛, 그리고 그 눈빛에 담긴 기세는 여태 상대했던 놈들과는 확실히 달랐다.

물론 그렇다고 석영의 저격을 피하지는 못했다. 단 한 발도 말이다.

치익.

―존! 존!

허리에 걸린 무전기에서 처음에 들었던 놈의 목소리가 들려왔다. 석영은 그 무전기를 뺏어서 버튼을 눌렀다.

치익.

"기다려. 얼마 안 남았으니까."

치익.

―너 누구냐…….

음산하게 깔리는 목소리에 석영은 이번에도 친절하게 대답해 줬다.

치익.

"나? 사냥꾼……."

석영의 대답 이후 다시 오는 무전은 없었다. 무전기를 툭 던진 석영은 존이라고 불린 용병에게 시선을 돌렸다.

"진짜, 진짜 궁금한 게 있어. 대체 왜 그랬지? 아아, 복수라는 개소리는 집어치우고."

"크흐… 너는 알고 있는 것 같은데……?"

"……."

"너도… 네가 지금 하는 짓이랑 똑같… 크악!"

우드득!

석영은 놈의 발목을 지그시 밟았다. 하지만 제대로 힘을 집중했기 때문에 발목뼈가 자체적으로 비명을 내질렀다.

석영은 더 이상 대화하기를 포기했다.

게슴츠레하게 풀린 눈을 보면 제대로 된 대화를 하기에는 이미 글렀다. 아니, 처음부터 이놈들은 제대로 된 눈빛이 아니었다. 광기가 느껴지는 것처럼 번들거리는 눈빛을 보면 아주 확실했다.

석영은 그 이유가 약일 거라고 봤다.

코카인이든, 필로폰이든, 엑스터시든 이놈들은 분명 약을 했을 거라는 생각이 들었다.

"크흐흐, 지옥에나… 떨어져."

피식.

지옥에나 떨어지라고?

죽어서 천국에 가고 싶은 생각은 없었다.

'하지만 지옥에 떨어지더라도 니들은 다 죽여놓고 떨어져야 지.'

스르륵.

마치 뱀파이어처럼 어둠에 동화한 석영의 귓가로 삐익! 날 카로운 마법 통신이 들어왔다. 먼저 길을 열고 있는 송아나 매가 보낸 신호였다. 둘에게 부탁한 것은 간단했다. 놈들을 발 견하면 신호를 줄 것. 그게 전부였다.

특히 이번에 새로 가지고 온 마법 통신기는 성능이 굉장히 좋았다. 대체 어떤 마법 프로그램이 담겨 있는 건지는 잘 모 르겠지만, 위치를 제대로 느낄 수 있게 해줬다.

10분쯤 조용히 이동했을 때, 석영은 육감이 보내오는 신호 에 맞춰 조용히 멈춰 섰다.

"……."

휘이잉.

숲을 타고 흐르는 바람 소리.

사방은 지독할 정도로 고요했다.

하지만 석영은 알 수 있었다.

이 앞에 분명 적이 숨어 있다는 사실을.

바위 뒤에 몸을 숨긴 석영은 가만히 눈을 감고 정신을 집중했다.

진화.

석영은 진화했다.

요즘은 그 사실을 절실히 깨달았다.

어둠에 동화하는 것 말고도 인간에서 인간이 아닌, 휘드리아젤 대륙의 기준으로 초인(超人)이라 부르는 카테고리로 이동했음을 절실히 깨닫고 있었다.

'하나, 둘, 셋… 스물.'

꽤나 많이 숨어 있었다.

완벽하게 숨기지 못한 광기가 스며든 호흡 소리들이 들렸다.

본래는 들리지 않았어야 하지만 석영은 들을 수 있었다. 더불어 그 호흡이 들려오는 위치까지도. 심지어 심장박동까지.

'이건 무슨……'

인간이 아닌, 레이더라도 된 느낌이었다.

하지만 석영은 이러한 변화가 자신에게 지극히 무해하고, 도움이 되는 변화라는 사실을 알고 있었다.

근접전은 솔직히 별로다.

하지만 원거리전은?

천하의 한지원도 잡을 자신이 생겨가고 있었다.

'우선 가장 가까운 놈부터.'

20보 정도 떨어진 나무 뒤에 위장하고 있는 적이 있었다.

두, 드드드, 드득.

철시가 시위에 걸리고, 잠시 뒤에 떠났다.

쇄애애액!

퍽!

허리를 그대로 관통하고 땅바닥에 깊숙이 박힌 철시를 석영은 안 보고도 느낄 수 있었다. 하지만 곧바로 저항이 있었다.

부슝!

퍼걱!

오른쪽의 나무가 박살 나며 조각을 거칠게 뱉어냈다.

'아예 작정하고 기다렸구나……'

석영은 그러한 사실을 깨달았고, 깨닫는 순간 진하게 웃었다. 제대로 화망을 조성하고 자신을 기다리고 있지만 반대로 생각하면 일일이 쫓아갈 필요가 없는 상황을 저놈들 스스로 만든 것이다.

석영은 이 점이 너무나 마음에 들었다.

다시 보통의 철시보다 훨씬 대가 긴 놈으로 시위에 걸었고, 이미 파악하고 있던 곳으로 조용히 쐈다.

쇄애애액!

퍽!

"커윽……!"

나무를 등지고 있던 놈이다.

그래서 철시는 그대로 나무를 뒤에서부터 뚫고 들어가 복부를 관통, 갈고리 같은 촉을 복부 안에서 고정시켜 버렸다.

아마 조금만 움직여도 날카로운 갈고리 형태의 촉에 오장육부가 긁히면서, 지옥에서도 안 내릴 고통을 선사할 것이다.

부슝!

퍼걱!

"시발……."

이번엔 왼쪽 나무다.

그리고 바람결에 실려 날아온 희미한 욕지거리는 분명히 한국어였다.

'한국인?'

석영이 그 욕지거리를 듣는 순간 인상을 찌푸렸다가, 이내 폈다. 한국의 군사력을 생각하면 저런 놈들이 있어도 이상할 게 없었다.

세계 유일의 휴전 국가인 만큼 20대 중반부터 50~60대까지의 남성은 거의 대다수가 총을 다룰 줄 안다.

길 가다 전차 운전병을 찾으면 서너 사람은 손을 든다는 말이 있을 정도로 재래식 무기에 익숙한 나라가 바로 한국이다.

그리고 세계에서도 순위권 안에 드는 특수부대를 보유한 국가이기도 했다. 그 특수부대를 전역한 군인이 외인부대나 용병에 의탁하는 상황은 그리 특별한 게 아닐 것이다.

부숭!

부숭!

두 발의 총성과 함께 석영이 있는 근처의 땅바닥이 거칠게 튀어 올랐다. 비산한 흙이 머리 위로 떨어졌지만 석영은 조금도 꿈쩍이지 않았다. 이런 싸움은 이미 해봤다. 먼저 몸을 드러내는 순간 몸이 꿰뚫리는 전투. 나레스 협곡이 딱 그랬다. 폭우와 어둠이 온 세상을 잡아먹을 것처럼 드리웠던 그날의 전투는 철저한 장기전이었다. 먼저 움직이면 지는, 그런 싸움이었다.

그리고 그 싸움의 승자는 석영이었다.

이곳의 기준으로도 결코 약하지 않던 기사단 하나를 처절한 전투 끝에 궤멸시켰다.

부스럭.

획!

두웅!

나뭇잎을 건드리며 나는 소리에 석영은 즉각 반응했다. 봐야 한다고? 아니, 그럴 필요도 없었다.

이미 공간 전체를 인지했고, 소리가 어디서 났는지 석영은 정확하게 파악하고 있었다.

쇄애애액!

푹!

"컥……."

또 한 놈이 비명을 지르며 바닥에 철퍽 쓰러졌다.

이번 건 그 나뭇잎을 꿰뚫는다는 생각을 했으니 어떤 자세로 왔어도 치명상을 면하긴 힘들 것이다. 비릿한 피 냄새가 숲을 가로지르는 역풍을 타고 코로 스며들었다. 처음에는 정말 불쾌했던 냄새지만 지금은 정말 아무렇지도 않았다. 인간은 적응의 동물이라더니, 그 말이 진짜 딱 맞았다.

석영은 다시 철시를 하나 꺼냈다.

이번엔 전에 썼던 것처럼 훨씬 긴 대를 가진 철시였다.

나무를 등지고 있는 놈, 바위를 등진 놈, 땅굴을 파고 들어간 놈까지. 몇 놈은 거의 무호흡에 가깝게 숨을 쉬고 있었다. 숨이 막혀 죽는 건 아닐까 하는 생각이 들 정도였다. 그리고 그런 호흡이 가능한 걸 보니 특수군 출신들일 거라는 예상은 빗나가지 않은 것 같았다.

슥, 스윽, 스윽.

바닥이 긁히는 소리가 들렸다.

포복으로 석영의 사선에서 접근하며 나는 소리였다. 이 소리는 아주 작은 소리였지만 극한으로 열린 석영의 감각을 피하지는 못했다.

두웅!

쇄애애액!

"큭!"

이번 놈은 바람이 갈라지는 소리가 들리자마자 옆으로 몸을 굴렸다. 하지만 그래봐야 이미 석영은 부스럭거리는 소리를 통해 화살의 궤적을 바꿔 버렸다.

푹!

"커으……."

화살이 몸을 뚫고 깊숙하게 박혔을 텐데도 비명 소리는 정말 바람 빠지는 소리 정도만 흘러나왔다. 고통을 참는 데 익숙하다는 뜻이었다.

부슝!

부슝!

픽!

드디어 석영이 있는 곳을 잡았는지 숨고 있던 바위에 제대로 탄이 박혔다. 뒤이어 연달아서 바위에 탄이 박히면서 먼지가 피어올랐다. 석영은 바로 몸을 뒤로 뺐다. 피어오르는 살기를 보니 제대로 갈길 준비를 하는 것 같았다.

아니나 다를까, 바위를 기준으로 7시 방향으로 빠지자마자 어둠이 장악한 공간에서 발악을 하듯 붉은빛이 사정없이 반짝거렸다.

억눌린 총성과 함께 바위가 가루가 되도록 사격이 이어졌다. 강화탄일 테니 만약 움직이지 않았으면 저 총탄은 곧 바위를 깨부수고, 석영의 몸을 뚫었을 것이다. 그만큼 일촉즉발의 상황이었지만 석영은 바쁘게 눈동자를 굴렸다.

불빛이 튀는 곳.

확실하게 목을 뚫어버릴 수 있는 궤적.

총구의 방향과 아주 잠깐 반짝이는 순간 머리의 위치를 파악했다. 그 결과 순식간에 대여섯 개의 표적이 잡혔다.

석영은 바로 타천 활을 꺼냈다.

여유는 있지만, 이러한 여유가 언제고 자신에게 독이 된다는 걸 알기에 일단 수를 확실하게 줄여놓기로 했다.

'호랑이는 토끼를 사냥할 때도 최선을 다 한다고 했지…….'

석영은 허리에 걸어놨던 동그란 물체를 뜯어냈다.

마치 수류탄처럼 생긴 이놈은 휘드리아젤 대륙에서 건너온 전투 보조 물품이었다. 출처는 당연히 송이었다. 사용법은 매우 간단했다. 수류탄의 안전핀을 제거하듯, 심지처럼 생긴 꼬아놓은 줄을 당겨 뽑은 다음, 그냥 던지면 된다.

대신 높이, 하늘을 향해 던져야 했다.

하지만 지금은 숲이라 나무 때문에 높이 던질 수 없으니 석영은 그냥 내던지기로 했다. 줄을 뽑은 석영은 그대로 총성이 가장 많이 울렸던 곳으로 물품을 내던졌다. 휘이이익. 바람을 가리고 날아가 어둠 속으로 쏙 사라지더니, 펑! 소리와 함께 일순간 환한 빛을 뿜어냈다.

"갓! 뎀!"

"뭐야!"

흔히 눈뽕이라고 하는 효과가 일시적으로 찾아왔고, 사격은 멈췄다. 하지만 석영은 이미 움직이고 있었다.

두드드드득!

퉁!

슈아아아악!

이전에 쓰던 활과는 전혀 다른, 타천 활 고유의 시위 튕기는 소리와 함께 바람이 갈가리 찢어지는 소리가 들렸다.

'트리플, 연사, 추적, 클레어모어……'

세 발의 화살에 각각 걸린 고유 효과는 재앙이었다.

콰앙!

콰웅!

콰앙……!

시간 차를 두고 터친 폭발에 숲이 부르르 떨었다. 동시에 비명이 울려 퍼졌다.

으아악! 갓… 뎀! 뻑!

온갖 욕설이 흘러나왔다.

설마 이렇게 나올 거라고는 예상도 못 했을 것이다. 석영의 시선에 발치에서 터져 비명도 지르지 못하고 날아간 시체가 보였다. 팔, 그리고 다리 한 짝이 아예 떨어져 나갔고, 남은 육체도 걸레짝처럼 너덜너덜했다. 그게 아니더라도 찢어진 어둠의 화살이 주변을 쑥대밭으로 만들었다.

타천 활은 무적의 관통력을 자랑했다.

실처럼 가는 어둠이라도 몸에 닿는 순간, 딱 그만큼의 구멍이 육체에 생겼다. 참고는 있지만 억누른 신음들이 숲 곳곳에서 흘러나왔다. 석영은 더 움직이기로 했다.

'동화.'

의식을 집중하기 무섭게 석영은 몸을 휘감는 이질적인 기운을 느낄 수 있었다. 힐끔 확인하니 활을 쥔 손등 위로 꾸물거리는 어둠이 보였다.

'이거야 원……'

인간이라면 절대로 불가능한 이적(異蹟).

라니아에도 존재하지 않는 스킬이었다. 그러나 석영은 가능했다. 의식의 집중으로 이러한 게 가능해졌다는 게 솔직히 불안하고 말도 안 되지만, 지금 같은 경우에는 그저 감사할 뿐이었다.

'확실한 복수를 할 수 있으니 말이지.'

퉁!

퉁!

단조로운 소리였다.

그러나 슈가가가 거리는 소리는 날카로운 이를 드러내며 달려드는 호랑이보다도 살벌했다.

퍽!

퍼걱!

우릉, 우르릉.

콰앙!

그리고 타천사의 심판이 터지며, 새까만 뇌전이 지상에 작렬했다. 이후 숲은 정적이 흘렀다. 아마 석영을 죽이겠다고 몸을 숨기고 있던 놈들은 지금 공포에 빠졌거나, 기가 아주 제대로 질렸을 것이다.

총만 들고 싸우던 놈들이 어디 이런 싸움을 해본 적이 있겠나.

유성의 날, 혹은 대격변의 날로 명명된 그날 이후, 싸움은 조용히 바뀌어갔다. 총질보단 칼, 방패, 활, 마법, 이러한 전투로 조금씩 바뀌어간 것이다.

강제적인 시대의 흐름 때문에 변화도 강제적으로 이루어졌다.

전체는 아니지만 유저 간의 싸움이 붙으면 항상 이런 식이었다. 그런데 이들은 여전히 익숙한 총기에 의지하고 있었다.

시대의 흐름에 순응하지 못한 대가를 매우 크게 치르고 있었다.

"시발, 시발……. 이러다 진짜… 뒤지겠네……."

정적을 깬 건 한국인 용병이었다.

아니, 용병이라고 부르는 건 단어 자체에 대한 모독이었다.

그냥 한국인 개새끼였다.

까득, 까득 이를 가는 개새끼는 좀 더 나중에 죽이기로 했다. 하지만 그런 석영의 바람을 들어줄 생각이 없는지, 근 3일간 울리지 않았던 무전이 울렸다.

치익.

─한 중위입니다. 지금부터 이쪽도 단독 작전 시작합니다.

"……."

마법 통신기 반대쪽 귀에 단단히 건 인 이어를 통해 나직하게 들어온 한지원의 무전에 석영은 눈살을 찌푸렸다. 헤어질 때의 그녀는 분명 자신의 몫을 남겨두라고 했었다. 하지만 석영은 들어줄 마음이 없었다. 근데 그건 한지원도 자신이 어떻게 나올지 알고 있었던 것 같았다.

그게 아니라면 부탁도 아닌 일방적인 통보를 해왔을 리가 없었다.

'용병은 오십. 둘을 죽이고 시작했고, 이놈들 전에 열을 제거했으니…….'

서른여덟.

거기에 여기에 스물가량이 있다.

그럼 참 맛깔나게도 18놈들이 남는다.

게다가 용병을 이끄는 대장도 아직은 여기에 없는 것 같았다. 마지막 메인디시(Main Course)가 남아 있으니, 석영은 한지원에게 양보를 하기로 했다.

치익.

—전 대원, 섬멸전 개시.

마치 영화나 드라마처럼 한지원은 사살 명령을 내렸다. 명령이 내려왔지만 숲은 여전히 고요했다. 하지만 석영은 알 수 있었다. 자신들이 보호하던 민간인을 살해한 용병들에게 핏빛처럼 진한 적의(敵意)를 품은 대원들이 자신의 뒤쪽에서 포위망을 형성한 채, 은밀히 다가서고 있음을 말이다.

석영은 더 나아갈까 하다가, 멈췄다.

안 그래도 골이 조금은 지끈거리는 중이었다. 게다가 타천활이 아닌 다른 무기를 한동안 사용했더니 체력적으로 상당히 떨어진 상태였다. 그래서 타천 활을 손에 쥔 채, 뒤로 물러나 자신을 완전히 가려주고도 남을 나무 뒤로 가서 둥치에 몸을 기댔다.

스륵, 스륵.

어둠이 꾸물거리는 것 같았다.

검은색 위장복을 입은 대원들이 소리도 없이 다가오고 있는 모습은 소름 끼치다 못해 기괴하기까지 했다.

가장 먼저 나창미가 모습을 드러냈다.

대원들 중 가장 키가 큰 그녀는 마치 마실이라도 나온 것처럼 편하게 걸어오고 있었다.

히죽.

그러곤 석영의 옆으로 예의 어딘가 비틀린 눈웃음을 지어 주곤 스쳐 지나갔다. 그 뒤는 문보라였다. 문보라는 딱딱하게 굳은 눈빛으로 석영에게 짧게 인사를 한 뒤 지나갔다. 넓게, 넓은 대형으로 대원들이 전부 지나쳐 갔다.

푹! 푹! *끄드득!*

"*끄*아아악!"

서걱!

처절한 비명이 울려 퍼지자 음산한 목소리가 그 뒤를 이었다.

"조용히 해, 이 개새끼야……."

나창미의 목소리였다.

부슝!

부슝!

지금까지와는 다르게 정적을 대놓고 깨버린 전투 방식에 석영은 피식 웃었다. 하여간 괴물들이다.

푹! 푹! 푹푹푹!

"크륵, 크르……."

서걱!

우드드득!

뒤이어 다시 용병 하나가 피거품을 무는 소리가 들렸고, 석영은 그 소리를 반주 삼아 담배를 하나 꺼내 물었다.

치익.

"후우……."

깊게 빨아들였던 담배 연기를 뿜어내는 순간, 다시 육체에 요란스럽게 박히는 칼질 소리가 들려왔다. 깡! 까강! 첫 번째 제대로 된 부딪침 소리도 들려왔다. 하지만 석영은 걱정하지 않았다. 근접전의 스페셜리스트, 한지원이 이끄는 팀이다.

저런 퇴역 군인으로 이루어진 용병들 따위에게 당하기엔 급이 너무 달랐다.

'아, 조건은 같나. 저들도 다들 전역한 간호장교들이니까……'

피식.

하지만 살아온 내용 자체가 달랐다.

분쟁 지역에 간호장교로 파견되어 은밀한 작전을 수행하는 여자들이다. 일반적인 널스(Nurse)와는 비교하는 것 자체가 불가능했다.

"후우……."

다시 담배 연기를 뿜는 순간, 어둠 속에서 끝판왕이 모습을 드러냈다.

콰웅!

수류탄이라도 터졌는지 불빛이 번쩍였고, 바람이 훅 밀려왔다. 하지만 석영이나 한지원이나 조금의 미동도 없었다. 콰앙! 쾅! 연달아 두 번이나 더 터졌지만 당연히 이번에도 둘은 움직이지 않았다.

화르르 타오르는 불길을 조명 삼아 한지원도 담배를 입에 물었다.

치익.

"후우… 화는 좀 풀렸나요?"

"……."

석영은 대답 대신 고개를 저었다.

이 분노가 전부 풀리는 순간은 저놈들을 모조리 저승으로 보내고 난 이후가 될 것이기 때문이었다.

"잘 몰랐었는데 그래도 석영 씨 인간적인 모습이 있네요."

"인간이니까요."

일렁이는 눈빛이나 오늘 하루 간 보여준 능력을 생각하면 조금도 인간적이지 않았지만, 석영은 자신이 인간임을 부정하지 않았다.

뚜둑!

우드득!

목이 돌아가는 소리가 불길이 일렁이는 소리 안에서 거칠게 비집고 흘러나왔다. 그리고 뒤이어 나창미가 '개새끼, 앙탈은!' 이러며 으르렁거리는 소리도 같이 흘러나왔다.

"안 갑니까?"

"굳이 제가 갈 필요 있나요. 저 애들만으로도 충분한 것을."

"……"

석영은 한지원의 말에 그냥 대답 없이 고개만 끄덕였다. 자신의 분노도 중요하지만, 대원들의 분노도 그만큼 중요하다.

"미안해요."

"……"

뜬금없이 나온 사과에 석영은 담배를 비벼 끄곤, 다시 하나를 꺼내 물었다. 그러곤 한지원을 바라봤다. 설명을 요구하는 눈빛으로. 한지원의 표정은 전과 다를 것 없었다.

"내가 좀 안일했어요. 용병이든 외인부대 놈들이든, 본성을 드러내려 작정하고 온 놈들이 어떤 놈들인지 잘 알면서 아침에 너무 무방비했어요. 조금만 더 조심히 움직였으면… 그 아이가 희생되는 일은 없었을 텐데."

"……"

"이곳에 와서 개미들만 상대하다 보니 나도 모르게 인간이 얼마나 무서운 존재인지, 악마 같은 존재인지 알면서도 느슨하게 풀린 거죠."

씁쓸한 미소를 머금은 한지원의 표정을 본 석영은 나직한 한숨과 함께 입을 열었다.

"지원 씨가 사과할 것 없습니다. 나 또한 마음 놓고 있었으니까요."

"후후, 석영 씨는 아예 경험이 없잖아요. 설마 그런 놈들이 있을 거라고도 예상 못 했고. 저는 예상하고 있었기 때문에 전날 쫓아내기까지 한 건데……."

"됐습니다. 지원 씨의 자책을 보고 싶진 않습니다. 지휘관의 나약한 모습도 보고 싶지 않고요."

"그런가요."

언제나 냉정한 한지원의 모습이 아니라 좀 이질적이었지만, 그래서 더욱 인간미가 느껴졌다. 석영은 이런 모습도 이 여자의 대단한 부분 중 하나라고 생각했다. 타인의 죽음을 슬퍼하는 공감 능력이라 볼 수도 있기 때문이다.

마가리타의 죽음은 석영도 슬프다.

하지만 가슴에 사무치도록 슬픈 건 아니다. 오히려 그 작은 소녀의 미소를 볼 수 없음에 느끼는 안타까움이 더 크다. 그리고 그 안타까움보다 분노가 더욱 컸다. 석영은 애초에 공감 능력이 떨어졌다.

타인의 죽음, 슬픔, 사랑, 행복 등 옆에서 지켜봐도 예전엔 정말로 잘 못 느꼈었다. 전형적인 아웃사이더였기 때문이다. 하지만 석영은 이런 자신의 모습에 별로 거부감을 느끼지 못했다. 어차피 혼자 살던 인생이기 때문이다.

이게 극에 달한 건, 아버지의 죽음 이후 충주의 그 시골에서 혼자 살기 시작하면서였을 것이다. 물론 지금은 좀 좋아졌다.

대격변의 날 이후 아영이 찾아오고, 휘드리아젤 대륙에서 휘린과 차샤, 송, 발키리 용병단을 만나고, 한지원을 만나면서 그나마 공감 능력이 좀 생겼다.

근데 그래봐야, 고만고만했다.

그런데 한지원은?

석영이 보기에 아주 이상적인 인간이었다.

슬픔, 기쁨, 고통까지.

지휘, 격투.

냉정함에, 따뜻함.

한쪽으로 극단적으로 치우친 자신과는 다르게 매우 다방면으로 수치가 높았다.

'정말이지…….'

대단한 여자다.

그리고 그런 대단한 여자가 이끄는 만큼, 대원들도 대단했다. 벌써 등 뒤에서 들려오는 살벌한 소리들이 멎은 게 그 증거였다.

한지원과 이제 대화를 시작한 지 5분 정도 되었을까?

그럼 전투를 시작한 지는 한 8분? 어쨌든 10분은 안 지났을 것이다. 근데 벌써 용병들을 모조리 죽였다.

게다가 총성이 한 발도 안 울렸다.

전부 근접전으로 처리한 게 분명했다. 힐끔 고개를 돌려 보니 모습을 드러낸 대원들이 흙을 이용해 진화 작업을 하는 게 보였다. 불길을 뚫고 나창미가 용병 한 놈 목덜미를 끌고 오는 게 보였다. 축 늘어져 있는 게 아무래도 기절시킨 것 같았다.

다시 시선을 돌렸을 때 한지원의 뒤에서 아영이와 차샤, 아리스가 다가오는 것도 보였다. 석영은 나무둥치에서 등을 뗐다. 다가온 나창미가 용병을 앞으로 던졌다.

휙.

"큭……."

손목과 발목이 죄다 돌아가 있었다.

그리고 어깨도 뽑혀 있었고, 목도 돌아가 있었다. 목에서 뭐가 반짝거려 봤더니, 삐쭉 튀어나온 군번줄이 보였다. 석영이 손으로 군번줄을 잡아 뜯었다.

호레이스 골드.

이름인 것 같았다.

시꺼멓게 칠을 해놓은 얼굴이라 이번에도 인종은 구분이 안 갔다. 꿈틀거리던 놈이 공포에 젖은 목소리로 중얼거렸다.

"악마……."

피식.

그 말에 석영은 실소를 흘리고 말았다.

악마?

악마라고?

우리가?

"킥, 지랄하네……. 무고한 사람들 사냥하는 니들은 선량한 인간이고?"

"끄아악!"

나창미가 손가락을 밟고는 그대로 땅바닥에 비볐다. 둑! 뚜둑! 연달아 울리는 뼈가 탈골되는 소리가 섬뜩하게 울렸지만, 그 누구도 동정심을 갖지 않았다. 어차피 죽일 놈이다. 전의를 상실했지만 정규전도 아니니 고문을 하든, 사지를 찢어 죽이든 문제가 될 게 없었다.

포로 협정?

개나 주라 그래라.

"앙탈 그만 부려, 이 시발 놈아. 지원아, 이 새끼 어쩔까? 오랜만에 실력 발휘 좀 할까?"

으르렁거리는 나창미의 말에 한지원은 석영을 바라봤다. 선택권을 주겠다는 뜻이었다. 하지만 석영은 저런 놈은 필요 없었다. 어차피 넘기기로 했다. 슬그머니 나타난 송과 매를 보며, 석영은 이놈은 그냥 넘기기로 했다.

"원하는 대로 하십시오."

"오오… 진짜?"

나창미가 눈을 번들거리고는 되물었고, 석영은 고개를 끄덕였다. 시간을 보니 자정이 넘어가고 있었다. 하루 종일 움직였더니 피로가 상당히 쌓였는지 몸을 무거웠다. 이 상태로는 추적이 불가능하다. 혹시 추적한다고 해도 피로 때문에 재미없는 상황이 벌어질지도 몰라 석영은 이쯤에서 휴식을 하기로 했다. 그런 마음에 아영을 보는데, 차샤와 아리스의 시선이 한지원에게 딱 고정되어 있었다.

피식.

강자는 강자를 알아본단 말이 맞는 말인 모양이었다.

석영이 워낙에 사기급이라 그렇지, 저 둘도 어디 가서 빠지지 않는 강자들이었다. 그리고 둘 다 스타일은 달라도 근접 전투의 스페셜리스트들이었다.

"누구야?"

스쳐가는 석영을 따라 몸을 돌리면서 차샤가 물어왔다.

"여기서 함께 움직이는 동료들."

"저 여자가 단장이고?"

"단장은 따로 있어. 저 여자는 조장쯤 될걸."

"컥… 저 사람보다 더 센 사람이 있어?"

실제적인 무력으로는 한지원이 전간대대에서도 단연 압도적이지만 석영은 그냥 피식 웃으며 고개를 끄덕였다. 오해를 하게 내버려 두는 것도 나쁘지 않을 것 같았기 때문이다. 적당히 이동한 석영은 대충 자리를 잡고 앉았다.

"후우……."

"힘들어 보인다?"

석영의 한숨에 아영이 물을 휙 던지며 물어왔고, 물을 한 모금씩 두 번으로 끊어 마신 석영은 고개를 작게 끄덕였다.

"확실히 좀 지치네."

"그렇게 날뛰었는데, 지칠 만도 하지, 뭐."

"……."

날뛰었다라…….

그렇기야 했다.

오늘 하루 석영이 숨을 끊은 용병의 수만 해도 스물이 넘어 간다. 하루 만에 무려 스물이다. 나레스 협곡 전투 때와 비교하면 반에 반도 안 되는 숫자지만 스물이란 숫자도 결코 적은 수는 아니었다.

게다가 상황이 조금 달랐다.

나레스 협곡 전투 때는 후방의 아군을 지키기 위한 전투였다. 그래서 필사적으로 버티는 수성전에 가까웠다.

그러나 이번엔 완전 정반대의 상황이었다.

스스로가 분노에 몸을 맡기고, 그 분노를 유발한 적을 쫓아가 사냥한 상황이었다. 그것도 지구의 인간들을 상대로 말이다.

이러한 차이 때문에 정신적인 대미지가 확실히 누적이 되어 있었다.

그리고 이동, 전투 때문에 체력적으로도 상당히 떨어져 있었다. 몬스터를 상대할 때보다 지금이 훨씬 더 힘들고 지친 석영이었다. 한계까지 온 건 아니지만, 지금은 확실히 휴식을 취해야 할 때였다.

송과 매가 나뭇가지를 구해와 구덩이를 파곤, 불을 지폈다. 물을 머금어 잘 안 타오를 줄 알았는데 허리에 매단 병에서 정체 모를 액체를 뿌리고 불을 붙이니, 그냥 화르르 타올랐다. 아마 저것도 마법 처리가 된 물품 같았다.

차샤가 주변을 둘러보다 적당한 나무로 가더니, 툭툭 두들기곤 도를 뽑아 마치 파리를 쫓듯 휘둘러 댔다. 그러자 나무가 그대로 삼등분으로 잘려 미끄러지듯 쓰러졌다.

"뭐해? 연약한 내가 거기까지 끌고 가야 돼?"

"연약하긴……."

도로 나무를 무슨 무 자르듯 가르는 여자가 대체 어디가 연약한 걸까?

석영의 중얼거림을 들은 매와 송이 종종 달려가 나무를 부수고, 쪼개서 앞에다가 수북이 쌓아놨다.

"아, 배고프다. 낮에 그 맛대가리 없는 거 말고 뭐 없어?"

돌까지 들고 와 자리를 잡고 앉은 차샤의 말에 석영은 아영이에게 배낭을 달라고 해서, 그 안에서 몇 가지 물건을 꺼냈다. 즉석 밥과 라면이었다. 모든 게 새로운 네 사람은 눈을 동그랗게 뜨고 석영이 라면을 쌓는 걸 지켜봤다.

"오오, 냄새……. 냄새 죽인다……."

물에 스프가 녹아들며 매콤한 향을 풍기자 차샤의 눈이 기대감으로 빛났다. 이세계의 문물과 요리. 석영도 휘드리아젤 대륙의 그 복잡하고, 어딘가 지구와 잡탕 같은 세계관에 적잖이 당황하고, 신기했었다.

근데 그건 이 넷에게도 다르지 않았다.

한자와 영어.

심지어 한글도 존재하던 세상이 휘드리아젤 대륙이다.

다 끓인 라면을 처음 먹는 차샤와 아리스, 송과 매의 표정은 진짜 볼 만했다. 매워하는 것 같진 않은데 MSG의 마력에 완전 빠진 얼굴들을 하고 있었다. 순식간에 두 개씩 끓여 열 봉지를 먹어치우고, 즉석 밥도 다섯 개나 먹고 나서야 그들은 수저를 내려놓았다.

"엄청 맛있네……. 이거 우리 못 가져갈까?"

송이 아침마다 챙겨 먹는다는 차로 입가심을 하며 툭 던진 차샤의 말에 석영은 피식 웃음을 흘렸다.

"송, 매. 흔적은?"

"절벽 아래로 이어져 있었어요. 아까 오빠가 싸운 적이 여기를 지키고, 나머지는 로프를 타고 아래로 내려간 것 같아요."

"흠……."

석영이 한창 전투를 치르는 동안, 당연히 송과 매는 도망친 자들의 흔적을 쫓았다. 둘은 한참을 찾아다닌 끝에야 숲이 끝나는 지점에 있는 절벽에서 다수가 절벽으로 내려간 흔적을 찾을 수 있었다.

솔직히 이제 남은 용병들은 필사적으로 도망칠 가능성이 높았다. 척후부터 오늘 석영이 죽인 놈들까지, 아무도 무전이 안 된다는 사실을 알면 퇴각이 정답이었기 때문이다. 물론 어딘가에서 좀 전처럼 함정을 파놓고 기다릴 수도 있었다.

하지만 석영은 그럴 가능성은 적을 거라고 봤다.

"석영 씨, 잠깐 얘기 좀 할까요?"

"네."

한지원의 말에 석영은 생각을 끊고 자리에서 일어났다. 적당히 일행과 떨어진 곳에서 멈춰 담배를 꺼내 무는 한지원. 석영도 똑같이 담배를 입에 물었다. 한지원은 반 정도 피우고 나서야 부른 용건을 꺼냈다.

"좀 전에 본대랑 정기 통신을 했어요."

"나왔습니까?"

장세미의 본대는 오벨리스크 영역 안으로 들어갔다고 했었다. 그런데 벌써 통신을? 둘 중 하나였다.

오벨리스크를 박살 냈든가, 아니면 도망쳤든가.

"보급 물자 부족으로 퇴각했다고 들었어요."

"……."

보급 물자라…….

엄청 중요하다.

전쟁 중에 탄이 소비되면?

조금 과장 보태서 총받이로 죽는 것밖에 답이 없었다. 아니면 뒤도 돌아보지 않고 도망치던가.

'하지만 그게 중요한 건 아닐 거고…….'

본론은 따로 있을 것 같았다.

그 생각을 하는 찰나, 기가 막힌 타이밍에 한지원이 입을 열었다.

"철수 명령이 내려왔어요."

"네……?"

이건 또 뭔 헛소리실까?

석영의 눈빛에 짙은 짜증이 실리기 시작했다.

episode 57
한국으로

석영의 눈빛에 담긴 짜증을 확인한 한지원이지만, 다시 한 번 강조하듯 말을 이었다.

　"러시아에서 철수하란 지시예요."

　"후우⋯⋯."

　석영은 눈을 감고 검지로 문질렀다. 자신이 잘못 들었나 생각해 봤지만, 담담한 한지원의 눈을 보니 절대 잘못 들은 게 아닌 것 같았다. 그리고 자신을 놀리는 것도 더더욱 아닌 것 같았다.

　"아, 시발⋯⋯."

이 여자와 싸우고 싶지 않았다. 하지만 이미 눈빛에 올라온 짜증이 다른 감정으로 변할 조짐을 느껴서 나온 행동이었다. 석영은 생각해 봤다. 왜, 왜 하필 이 타이밍일까? 왜 지금 이 순간에 철수 명령이 내려온 걸까?

석영은 이유가 있으리라 생각했다.

"이유가 뭡니까?"

가라앉지 않은 짜증이 담긴 석영의 말에 하아, 한지원은 깊은 한숨을 뱉어냈다. 한지원은 석영과 자신, 석영과 자신이 속해 있는 부대의 관계를 명확하게 이해하고 있었다.

동맹(同盟).

공통된 목적의식으로 맺은 협정.

물론 석영과는 개인적인 친분도 있다.

그러니 목적, 친분, 딱 이 두 가지로 석영과 자신의 관계를 설명할 수 있었다. 그래서 석영에게는 명령이 불가능했다.

장세미에게 내려온 명령도 석영을 설득하란 것이었다. 하지만 그게 쉬울까? 러시아에서 만난 작은 인연 때문에 지금 제대로 분노를 터뜨리는 석영인데? 그녀가 아는 석영은 평소에는 크게 자신의 의견을 피력하지 않는다. 하지만 결정하면? 결코 물러섬이 없었다. 이런 부류가 설득이 가장 힘들다는 걸 한지원은 잘 알고 있었다.

후우.

그래서 다시 한숨을 내쉰 그녀는 석영에게 천천히 이유를 설명했다.

"곧 대대적인 폭격이 있을 예정이에요."

"폭격?"

"네. 독일에서 신형 이엠피탄을 만들었다는 첩보가 들어왔고, 러시아 후방, 지대에서 실험할 예정이라는 첩보가 들어왔어요."

"……"

신형 EMP탄이라…….

석영도 EMP탄의 위력은 아주 잘 알고 있었다. 전자기기의 궤멸을 선사하는 탄은 현대 정보전에 없어서는 안 될 전략 무기였다. 그런데 이 EMP탄이 얼마 전 개미들에게 엄청난 대미지를 준다는 사실이 입증이 됐다.

여기까지는 석영도 아는 사실이다.

하지만 한지원의 말에서 주목할 건 '신형'이라는 단어였다.

말 그대로 새로운 무기라는 소리다.

눈살을 찌푸린 석영에게 한지원은 설명을 이었다.

"아직 어떤 효과를 발휘하는지 알려진 게 없어요. 그래서 인체에 유해한지, 무해한지도 추정이 불가능한 무기예요."

"그래서 군이 몰려 있는 동남부 전선이 아닌 중부와 북부를 포함한 후방에 폭격을 가한다는 소립니까?"

한지원은 석영의 말에 그래도 이해가 빨라 참 다행이라 생각하며, 고개를 끄덕이곤 그 말을 받았다.

"맞아요. 인체에 치명적인 대미지를 줄 수도 있을 가능성이 있으니 빠지는 게 답이에요. 그리고 그게 아니더라도 통신 기능 마비는 저희에게 엄청난 악영향을 줄 게 분명하다는 대령님의 판단이에요. 그리고 그 판단에는 저도 동의해요."

"……"

지랄…….

확실히 저 말에 반론을 제시할 수가 없었다.

전간대대는 세 개의 팀으로 나뉘다.

그 팀은 장세미가 한 팀, 정미경, 윤진아가 한 팀, 한지원과 나창미가 한 팀을 맡아 이끌고 있었다.

세 개 팀 간의 거리는 길면 5일, 짧으면 1일 정도 된다. 거리를 이렇게 유지하는 이유는 한 팀이 고립되었을 때, 양옆의 팀이 즉각 구출 작전에 나설 수 있어야 했기 때문이었다. 그런데 만약 통신이 작살 나면?

다른 팀이 위기에 처했어도 알 길이 없어진다. 이건 절대로 피해야 할 일이었다.

애초에 작전 중에 가장 중요시하는 게 인명 피해를 피하는 일이었다. 은퇴한 소수 정예들인 만큼, 사상자가 나오면 인원 보충이 힘들기 때문이었다.

'알아. 안다고…….'

머리는 이해했다.

하지만 석영의 가슴은 지금 격렬하게 반항하고 있었다. 이대로, 이대로 어정쩡하게 복수를 한 채 돌아가고 싶지 않다고, 마무리를 확실하게 해야 한다고. 그런 마음으로 시위 중이었다.

"남은 시간은 얼마나 됩니까?"

"지금 당장 전선을 이탈할 생각이에요."

"……."

지랄 맞다, 진짜.

조금의 시간도 주지 않는다는 건가?

석영은 담배를 하나 빼 물었다.

답답함이 머리끝까지 올라왔고, 짜증 때문에 가슴이 두근두근! 거칠게 뛰고 있었다. 진정시킬 뭔가가 간절히 필요했다. 마음 같아선 소주를 병째 나발이라도 불고 싶지만 그럴 여건도 안 되는 상황이었다.

치익.

"후우… 제가 안 간다고 하면? 지원 씨랑 대원들만 빠집니까?"

"아마도… 그럴 가능성이 높겠죠. 동맹 관계이니 석영 씨를 이래라저래라 명령으로 구속할 수는 없으니까요."

"그래서 설득인가……."

피식.

실소가 흘러나왔다.

말로는 설득이란 단어를 내뱉었지만, 사실상 이건 강요에 가까웠다. 한지원의 마음은 다를 수 있겠지만 석영은 그렇게밖에 느껴지지 않았다. 하지만 한지원이다. 정석영이란 협소한 인간도 인정한 한지원.

"대신 제가 도와줄게요."

"뭘, 말입니까?"

"여기서 살아 돌아간 놈들 찾는 거."

"……."

치익.

후우…….

답답한 건 비슷한지, 한지원도 담배를 하나 꺼내 물고는 불을 붙였다.

"도망친 놈들은 분명히 여기서 빠져나갈 거예요. 쫓기는 걸 알고 있으니 다른 선택지가 없죠."

"찾는 게 가능합니까?"

"물론이죠. 정식 루트로 와도 조사가 가능해요. 대대가 따로 쓰는 정보원이 있거든요. 그리고 정식 루트가 아닌 밀입국 루트를 선택했어도 마찬가지예요. 알죠? 우리가 어떻게 들어

왔는지. 이쪽 업계도 거기서 거기예요. 오십이 넘는 놈들이 들어왔을 테니 운송업자들만 찾으면 어떤 놈인지 금방 알아낼 수 있어요."

"……."

딜이다.

한지원은 지금 여기서 멈추고, 한국으로 돌아가는 대신 쌓인 분노를 푸는 데 도움을 주겠다는 얘기를 하고 있었다. 그래서 석영으로서는 거절할 수가 없는 딜이었다.

후우…….

연기를 내뿜은 석영은 이해득실을 따져봤다.

아니, 따져볼 것도 없었다.

인체에 유해한지 무해한지 모를 신형 EMP탄이 터질 예정이다. 미치지 않은 이상 빠져나는 게 최상책이었다. 아니, 무조건 나가는 게 답이었다.

'여기서 멈춰야 하나…….'

이성이 돌아왔다.

빌어 처먹게도, 석영은 이 순간 리타에게 미안한 마음보다는, '안전'을 먼저 생각했다. 인간 정석영이 가진 한계였다. 하지만 그 누구도 뭐라 할 수 없는 한계이기도 했다. 왜? 석영은 그래도 리타의 죽음에 공감했기 때문이었다. 그러지 않았다면 이 복수전은 시작조차 될 수 없었을 것이다.

그러니까 석영은 할 만큼 했다고 할 수 있었다.

"하아……."

"잘 생각했어요."

석영의 입에서 나온 체념의 한숨을 씩 웃은 한지원이 즉각 받았다. 마치 마음 변하기 전에 도장을 쾅! 찍으려는 악덕 사채업자 같아서 석영은 쓴 미소를 지었다.

"약속한 겁니다."

석영이 다시 한번 확인하자 한지원은 고개를 바로 끄덕였다.

"네. 제 이름을 걸고 반드시 찾아줄게요."

그 단단한 대답이 있고 나서야 석영은 고개를 끄덕였다.

"먼저 가세요. 담배 하나 더 피우고 갈 테니."

"네. 이동은 내일 새벽에 차량이 올 테니 그걸 타고 빠져나가면 돼요."

"네."

"저쪽은 제가? 아니면 석영 씨가 할래요?"

"제가 하죠."

안 그래도 차샤와 아리스가 이쪽을 바라보고 있다. 그런데 그 시선의 끝이 애매한 게 자신이 아닌 한지원 같았다. 한지원을 볼 때마다 그녀들은 호승심을 숨기지 않았기 때문에 지금 한지원만 보냈다간 차샤 성격에 시비부터 걸고 볼 게 분명했다. 아리스도 마찬가지다. 첫 만남 이후에 바로 도를 들이밀었던 여자가 바로 그녀였다. 한지원이 떠난 석영은 적당한 바위를 찾아 철퍽 앉았다.

"후우……"

뭔가 꿈꾼 것처럼 몽롱했던 대화였다.

이성과 본능 사이에서 왔다 갔다 해서 그런지 정신적인 피로감이 아주 확실하게 느껴졌다. 석영은 이런 피로가 참 싫었다. 정신적으로 지칠 만한 일이 있었을 때나 느껴지는 피로이기 때문이다.

러시아.

동토의 땅.

피로 얼룩진 대지.

절규와 비탄, 공포가 장악한 괴물의 땅.

이곳에 순수한 목적이나 정의감에 온 건 아니었다.

자신의 본신 무력을 올리기 위해 왔다.

아이템, 사체, 돈 등.

앞으로의 생존에 반드시 필요한 것들을 '보급'하러 왔다고 해도 과언이 아니었다. 하지만 웬걸. 석영은 빌어먹게도 이곳에서 인간의 극과 극을 확인해 버렸다. 인간의 탈을 쓴 악마. 이런 말은 흉악 범죄자들에게 자주 쓰는 말이다.

하지만 그런 것들은 게임도 안 되는 악마들이 존재했다.

'사냥을 하러 오다니······.'

도저히 이해할 수도, 이해하고 싶지도 않은 미치광이들이 떼로 모여 사람을 사냥한다. 영화에서나 소설에서 나올 법한 일을 실제로 겪어버렸다. 기가 막히고, 코가 막힐 일이지만 현실이었다.

석영은 다시 담배를 하나 꺼내 입에 물었다.

커다란 바위 같은 답답함이 가슴에 내려앉아 짜증 나서 도저히 견딜 수가 없었다. 석영의 분위기를 파악한 아영이 슬금슬금 다가왔다.

"오빠, 무슨 일이야?"

"후우··· 러시아에서 철수한단다."

"으잉? 철수?"

"응. 연합군에서 새로운 이엠피탄을 폭격할 작정이라는 첩보가 들어왔다더라."

"헐······."

아영은 석영이 왜 분위기가 별론지 금방 깨달았다. 석영의 복수는 아직 끝나지 않았다. 이제 겨우 반 정도 왔을 뿐이었다. 그런데 퇴각? 석영이 퍽이나 좋아하겠다.

"그래서··· 어쩌게?"

조심스럽게 묻는 아영의 질문에 석영은 '후우······' 한숨을 다시 크게 내쉬었다. 그리고 이런 석영의 행동이 곧 대답으로 이어졌다. 만약 무시할 것 같았으면 살기를 풀풀 흘렸지, 이렇게 짜증스러운 분위기를 풍길 석영이 아니었기 때문이다. 아영도 에휴, 한숨을 내쉬곤 석영의 옆에 앉았다.

"어쩔 수 없잖아. 우리가 단독 행동을 할 여건이 안 되니까. 이번엔 일단 한국으로 돌아가자."

"알아. 그럴 생각이고."

"한국 가면 우리도 팀을 만들어보자. 지원 언니 팀처럼 정보, 보급, 전투까지 전부 갖춘."

"안 그래도 그럴 생각이다."

석영도 느끼고 있던 부분이었다.

아예 같은 팀이 아닌, 서로 동맹 관계다 보니 이해관계가 서로 다를 때가 있었다. 지금이 딱 그랬다. EMP 폭격 때문에 빠지기야 하겠지만, 전투고 후퇴고, 정보고 보급이고 전부 한지원의 팀에 의지해야 했다.

그럴 리야 없겠지만 만약에 한지원과 틀어지면? 그땐 단독으로 움직여야 하는 상황이 찾아올 것이고, 그 상황 자체가 자신을 매우 곤란하게 만들 거란 예상쯤은 석영도 할 수 있었다. 그래서 석영은 최소한 정보, 보급만큼은 스스로 해결할 방안을 찾아봐야겠다고 생각했다.

물론 쉽지는 않을 것이다.

그게 마음먹은 대로 척척 되면 세상에 힘들지 않는 일이 어디 있을까? 차샤와 아리스, 그리고 송 자매가 다가왔다. 석영은 넷에게 한지원과의 대화를 설명해 줬다. 눈을 끔뻑이던 차샤가 손뼉을 짝! 쳤다.

"그럼 이제 끝난 거네?"

"그렇지. 바로 돌아갈래?"

"에이, 서운한 말씀? 이런 기회를 놓치는 바보는 아니다? 최대 삼십 일이라고 했으니까. 전부는 아니더라도 반은 채우고 가야하지 않겠어?"

"동감이에요. 이세계의 문물이라……. 그때 저격수 씨가 해줬던 말이 맞다면 이 아리스, 매우 흥분 중이랍니다."

피식.

그럴 줄 알았다.

석영은 송과 매를 바라봤다.

"두 사람도?"

"네! 꼭 가고 싶습니다!"

"저도 언니랑 같은 생각이에요."

송보다 머리 하나는 더 큰 매의 너무나 확고한 대답에 석영은 고개를 끄덕였다. 석영도 바로 돌려보낼 생각은 없었다. 일방적으로 도움을 요청했으니, 그에 따른 보상도 당연히 해줄 필요가 있었다.

그리고 그 보상은 당연히 이세계 여행이었다.

다시 자리로 돌아와 잠시 얘기를 나누는 걸 끝으로 러시아 작전은 막을 내렸다.

*　　　　　*　　　　　*

발록사막.

그 사막의 중앙.

세계수의 신전.

한지원이 찾았던 그 시전에 이변(異變)이 생기기 시작했다.

쩌적, 쩌저적.

서른 개의 수정과 대치하고 있던 하나의 수정에 금이 가기 시작했다. 균열이 생기고, 그 균열을 통해 짙은 마력(魔力)이 새어 나오기 시작했다. 그리고 변화 속에서 수정 안에 갇혀 있던 청년이 천천히 눈을 떴다.

새까만 눈동자엔 나른함이 가득했고, 진홍빛 입술에서는 아련함 가득한 한마디가 천천히 흘러나왔다.

"드디어……."

찾았다…….

북방(北方)의 사자(獅子)여…….

철혈(鐵血)의 대주(隊主)여…….

그 말을 끝으로 청년은 다시금 눈을 감았다.

얼굴에는 매우 만족스러운 감정이 담겨 있었다.

흥분, 기대감이 가득한 미소를 지은 청년은 완전히 해방되는 그날을 기대하며, 다시 기약 없는 잠에 빠져들었다.

휘잉, 휘이잉!

덜컹, 덜커덩!

휘린은 겨울바람에 아파 죽겠어요! 비명을 지르는 것처럼 흔들리는 창문을 보면서 잠시 휴식을 취하고 있었다.

"후아."

그녀는 요즘 왕국 각지에서 밀려오는 거래 요청에 정신이 없을 지경이었다. 왕국의 반란을 정리하는 데 지대한 공헌을 했기 때문에 마리아 왕녀, 아니, 여왕이 라블레스 상단을 왕실 지정 상단으로 임명했기 때문이다.

왕실 지정 상단에 임명되며, 그녀는 정말 신세계를 맛볼 수 있었다. 일단 가장 먼저 모든 물품에 대한 구입, 판매 허가증이 나왔다. 이 허가증은 엄청난 가치를 가지고 있었다. 본래 왕실에서만 취급하는 무기, 방어구 등, 군용 물품을 왕실에 직접 납품할 수 있었기 때문이었다. 본래 무기와 방어구, 전쟁에 필요한 모든 물자를 관리하는 부서가 있고, 그 부서를 통해 각 허가증을 받은 상단들이 납품을 하는 구조인데 이번엔 반란에 가담한 죄로 예문 상단이 날아가면서 그들이 가지고 있던 자리를 라블레스 상단이 꿰차고 앉았다.

여기서 나오는 수입은 정말 어마어마했다.

본래 군수 물품은 이윤이 엄청 남는 종목 중에 하나였고, 첫 번째로 물자를 납품했을 때 남은 이윤에 휘린은 정말 까무러치는 줄 알았다. 그만큼 허가증이 가진 힘은 장난 아니었다. 게다가 그 허가증이라는 게 반드시 왕실에서 인정받은 상단에만 내려지는 것이기 때문에 허가증을 소지했다는 것 자체가 상단의 앞날이 왕실의 도움을 받아 탄탄대로 위에 섰다고 해도 과언이 아니었다.

그래서 왕국에 존재하는 거의 모든 중소 상단들이 라블레스 상단과 인연을 맺으려 매일 수십 명씩 찾아오고 있었다. 그들이 내놓는 조건은 참으로 다양하며 매력적이었다. 기본적인 조건이 6:4일 정도다. 당연히 이윤의 6이 라블레스 상단이다. 그런데 그게 기본이다. 인연만 맺을 수 있다면 8:2, 9:1까지 제시한 상단들도 있었다.

하지만 휘린은 그 모든 걸 일단은 보류해 놓고 있었다. 덥석 물었는데 웃는 낮 뒤에 꿍꿍이를 숨기고 있으면 그것만큼 골치 아픈 일도 없을 것이다. 그래서 일단 상단에 대한 조사가 끝날 때까지 휘린은 모든 협력 제약을 보류해 놓은 상태였다.

그 외에도 휘린은 정말 할 게 많았다.

상단의 부피가 커지면서 인력을 고용해야 했다. 왕국 각지

로 상행을 나가야 하니 그들을 호위할 용병단도 계약해야 했
다.

"후우……."

용병단 계약, 이게 휘린을 가장 골치 아프게 하고 있었다.
발키리 용병단과 재계약을 맺었지만 그녀들만으로 해결하기
에는 상단의 규모가 너무 커져 버렸다. 그래서 추가 계약을
해야 하는 상황이었다. 용병들을 고용할 돈은 충분했다. 반란
을 정리하는 데 혁혁한 공을 세운 라블레스 상단이라 포상으
로 받은 백만 골드가 아직도 남아 있었기 때문이다.

문제는 용병단의 성향이었다.

용병들 자체가 자유분방하다.

"딱 그 정도만 해줬으면 좋을 텐데……."

그 속에 뭐를 숨기고 있을지 알 수가 없었다. 혹여 흑심을
품기라도 했다면 상행이 털리는 걸로 끝나지 않는다. 그리고
그것보다 더 최악인 건 인명 피해가 나는 일이었다. 그래서 휘
린은 용병단 고용에 정말 골머리를 썩고 있었다. 그래도 그나
마 노엘이 용병단 선별에 도움을 주고 있어서 다행이었다.

똑똑.

"가주님."

"네, 들어오세요."

가신 헨리의 노크에 휘린은 고민에서 빠져나왔다. 옷매무새

를 정리하기 무섭게 끼익, 낡은 문 열리는 소리와 함께 헨리가 안으로 들어왔다. 휘린은 그를 보며 미소를 지었다. 선대 가주인 아버지 때부터 라블레스 가문을 지켜준 정말 든든한 조력자였다. 그리고 휘린은 겉으로 티는 안 내고 있지만 속으론 그를 정말 친할아버지처럼 생각했다.

"무슨 일이세요?"

"상인 연합에서 서신이 도착했습니다."

"상인 연합에서요?"

휘린은 눈을 동그랗게 뜨고 헨리가 내미는 서신을 받아들었다. 상인 연합. 용병 연합처럼 상인들끼리의 정보 공유, 이권 등을 위해 설립된 아주 유서 깊은 연합이다. 하지만 휘린의 가문은 옛날부터 연합에 들지 않았다. 아니, 들긴 들었었지만 약 200년 전 연합과 크게 다툰 뒤에 나왔고, 이후로는 단 한 번도 가입하지 않았었다.

"음……."

서신을 개봉하고 첫 줄을 보자마자 침음을 터뜨렸다.

ㅡ친애하는 휘린 라블레스 상단주께…….

로 시작된 서신은 첫 줄만 정중할 뿐, 진짜 내용으로 들어가자 휘린의 예쁜 얼굴을 단박에 찌푸리게 만들었다. 단숨에

서신을 다 읽은 휘린은 씁쓸한 미소를 지을 수밖에 없었다.

"무슨 내용입니까?"

"지금이라면 가입금 백만 골드를 받고 연합에 들어와도 된다는 내용이에요. 또한 가입하지 않을 시에 받을 정보 통제와 불이익에 대한 내용도 같이 곁들어져 있네요."

"허허……."

"아, 그리고 무력 공유 내용도 있네요?"

점잖은 헨리마저 허탈한 웃음을 짓게 만들 내용이었다. 휘린은 바로 옆에 있던 촛불에 서신을 태웠다. 그녀는 연합에 가입할 생각이 추호도 없었다.

"이제 와서 정보 공유라니. 참 이들도 너무하네요."

"그러게 말입니다."

"여태껏 라블레스 가문에 그 어떤 정보도 준 적이 없다가 왕실 지정 상단이 되니 바로 이렇게 나오는 이들의 행실이 너무 불쾌해요. 게다가 무력 공유라니……."

"석영 님을 겨냥한 내용이군요."

"그런 것 같아요."

저격수.

단 세 글자가 가지는 의미는 프란 왕국에서 만큼은 정말 장난이 아니었다. 특히 나레스 협곡에서의 전투 내용이 알려지면서 국민들은 드디어 초인(超人)이 등장했다며 환호했다. 그런 그의 무력을 상인 연합이 탐내고 있는 것이다.

무력을 공유하면?

분쟁이 생길 시 그 해결에 라블레스 상단의 무력 자체를 지원해 줘야 한다. 석영이 나가지도 않겠지만, 충분히 그의 심사를 뒤틀리게 만들고도 남았다. 지금 라블레스 상단의 위용은 휘린의 힘이 아닌, 저격수 정석영의 힘이라고 봐도 무방했다.

은인보다도 소중한 사람을 곤란하게 만들고 싶지 않은 생각에 휘린은 더 고민도 하지 않고 바로 서신을 태워 버린 것이다.

'자리가 사람을 만든다더니… 성장하셨군요.'

헨리는 흐뭇한 마음을 숨긴 채 휘린을 바라봤다.

가주의 직에 있으면, 그리고 상단이 커지면 커질수록 저런 강단이 반드시 필요했다. 만약 헨리는 휘린이 고민했다면 아직 멀었다며 한숨을 내쉬었을 것이다. 그리고 분명하게 말했을 것이다.

절대로 안 된다고.

하지만 굳이 그러지 않아도 휘린은 알아서 잘 판단을 내리고 있었다.

똑똑.

재차 문을 두드리는 사람이 있었다.

"네, 들어오세요."

끼이익! 벌컥!

말이 떨어지기 무섭게 낡은 문이 다시 비명을 질렀다.

그리고 들어선 이는 요즘 휘린이 가장 자주 만나는 노엘이었다. 딱딱한 얼굴의 노엘이 안으로 들어오자 휘린은 반가운 미소를 지었다.

"언니, 어서 오세요."

"오늘은 발키리 용병단 부단장으로 찾아왔습니다."

"아… 네……."

단호하다 싶을 정도로 사무적인 말에 휘린이 목소리가 대번 기어들어 갔다. 그녀는 요즘 노엘의 심기가 매우 불편함을 알고 있었다. 일주일 전쯤, 뜬금없이 송과 매, 그리고 단장 차샤와 또 다른 부단장 아리스가 증발하듯, 다른 세상으로 날아가 버렸기 때문이었다. 혼자만 남겨졌고, 그래서 열이 제대로 받은 노엘이다.

그리고 사실 휘린도 좀 서운하긴 했다. 그녀도 다른 세상을 구경하고 싶은 마음이 굴뚝같았기 때문이다.

'나도 불러주지… 힝.'

꾸벅.

딱딱한 자세로 절도 있게 헨리에게도 인사를 한 노엘이 그의 옆에 앉았다. 노엘을 보며 휘린은 서운한 감정들을 얼른 날렸다. 안 그러면 또 노엘에게 눈빛으로 혼날 게 분명했기 때문이다.

노엘이 화가 나면?

차샤나 아리스는 물론, 옆에 있는 헨리도 그녀를 말리지 못한다. 그러니 화가 나기 전에 얼른 집중하는 게 심신에 이로웠다.

"일단 이것부터."

"뭔가요, 이게?"

휘린은 서류를 받으며 조용히 되물었고, 노엘의 대답이 빠르게 튀어나왔다.

"제가 조사한 용병단 리스트입니다."

"아……."

휘린은 얼른 서류를 펼쳤다.

노엘이 조사한 용병단은 전부 세 곳이었다.

첫 번째 용병단은 왕도를 중심으로 활동하는 레이첼 용병단이다. 이름에서 알 수 있듯이 이곳도 여성들로만 이루어진 용병단이었다. 용병단의 대장 레이첼은 차샤나 아리스와 일대일로 붙어도 막상막하의 실력을 가졌을 거라 예상되는 실력자였다.

다만 그녀만큼 실력자가 꽤나 있는 관계로, A급으로 분류된 용병단이었다. 특이 이번 반란이 일어나기 전, 반드레이 공작이 제안을 단칼에 거절한 일화는 매우 유명했다.

"규모, 실력, 신용 면에서는 단연 압도적인 용병단입니다."

"문제는 없나요?"

"없을 리가요."

후우.

한숨을 내쉰 노엘이 잠시 숨을 고른 뒤, 다시 입을 열었다.

"콧대가 높아요."

"콧대요……? 자존심 말하는 거죠?"

"네. 높아도, 너무 높아요. 그래서 고용하려면 돈이 장난 아닐 거예요."

그게 문제가 되나?

실력만큼 존중받는 거야 당연한 일이다.

적어도 휘린의 생각은 그랬다.

"그게 문제가 되나요?"

그래서 휘린은 노엘의 생각을 물었다.

"뭐, 거기까진 크게 문제가 안 돼요. 용병이야 어차피 돈으로 움직이는 자들이니……."

"그런데요?"

"그쪽 단장이 아리스 부단장과 사이가 매우 안 좋아요."

"아……."

"예전에 둘이 붙은 적이 있는데, 아리스가 레이첼의 볼에 검상을 제대로 입혀놨거든요."

"······."

아리스가?

휘린이 아는 아리스는 조용한 사람이었다. 근데 당연히 그럴 수밖에 없었다. 아리스가 휘린의 앞에서 제대로 된 자신의 모습을 보여준 적이 없었기 때문이다. 전투가 벌어지면 안쪽에서 보호받는 휘린이 아리스의 모습을 볼 수 있을 리도 없었다.

"허허, 그건··· 곤란하군요."

"아하하, 그러게요······."

헨리의 말에 휘린도 난처한 웃음을 흘렸다. 아무리 용병이라지만 여성의 얼굴에 흉터를 만들었단다. 철전지원수라 생각해도 조금도 이상할 게 없었다.

하지만 혹시 모르기에 휘린은 일단 보류하기로 했다.

두 번째 용병단의 등급은 무려 S였다.

"로백 용병단입니다. 단원수가 무려 천에 육박하는 프란 왕국 최대 용병단입니다."

"음··· 많긴 많네요."

저 정도 규모면 진짜 장난이 아니라 할 수 있었다. 발키리 용병단의 수가 보충을 끝내고 딱 50인걸 감안하면, 상상조차 하기 힘든 숫자가 분명했다.

"프란의 용병왕이라 불리는 사무엘이 타고난 카리스마와 리더십으로 이끌고 있습니다. 그래서 사건사고가 없는 용병단으로 유명합니다."

"그럼 괜찮네요? 여기도 고용하려면 힘든가요? 무슨 문제는 없고요?"

"네. 별문제는 없습니다. 고용 가격도 합리적입니다."

"진짜요?"

"네."

음…… 푸른빛이 감도는 입술을 매만지며 휘린이 고민에 쌓이자, 노엘은 그녀를 고민에서 다시 끄집어냈다.

"고민은 마지막 용병단을 보고 해도 늦지 않습니다."

"네. 마지막이… 라툰? 이렇게 발음하는 게 맞죠?"

"맞습니다. 그들은 소수 정예입니다. 수는 서른으로 이루어졌고, 모두가 최소 저 정도 되는 실력자들로 구성되어 있습니다. 이들은 오직 호위에 관련된 일만 취급하고, 끝까지 지키는 걸로 유명합니다."

"근데 아쉽게 인수가 좀 적네요?"

"네. 소수 정예니까요."

서른이라, 아쉬운 인원수였다.

앞으로 라블레스 상단이 성장하면 할수록 각지로 나가는 상행은 훨씬 많아지게 될 것이다. 그럼 하나의 상행에 호위를 붙여도 적어도 열 이상은 붙는다. 미치지 않고서야 왕실의 가호를 받는 라블레스 상단을 건드리진 않겠지만, 앞날은 누구도 모르는 것이다. 어느 멍청한 산적이 규모가 적다고 막 달려드는 경우가 생길지. 아무리 상단이 어려워도 최소한의 호위는 상행의 기본이었다.

"다들 애매하네요. 두 번째 로백 용병단 빼면요."

"로백도 좀 더 생각해 봐야 할 겁니다. 지금 왕실의 고용을 받아 북부 전선에 투입될 것 같단 얘기도 있습니다. 치안 유지 목적으로요."

"아… 그래요?"

"네."

내전과 동시에 전면전까진 아니지만 북부 전선에서 국지전이 연달아 벌어졌다. 그리고 혈전사가 이끄는 미친 인간들이 게릴라를 벌여 작은 마음 몇 십 개가 쑥대밭이 됐다. 그래서 그쪽의 치안은 지금 상당히 안 좋았다.

정규군으로 한계가 있을 테니 신용 면에서는 최고라 인정받는 로백 용병단이 북부로 올라가는 것도 이상할 건 없었다.

"후… 아쉽네요."

"……."

아쉽다는 말에 노엘은 대답하지 않고, 입술을 꽉 닫았다. 마치 이제 더 이상은 말하지 않겠다는 것처럼 보여 휘린은 입술을 비쭉였다.

"가주님."

"네?"

헨리의 부름에 휘린은 얼른 비쭉였던 입술을 제자리로 돌려놓았다.

"다음 상행에 벌써부터 인원이 모자랄 조짐이 보입니다. 용병단 계약을 하루빨리 마무리해야 할 것 같습니다."

"음……."

휘린은 미간을 찌푸렸다.

발키리 용병단으로는 벌써 한계에 도달했다. 규모를 좀 줄이면 되겠지만, 지금도 줄일 만큼 줄여 놓은 상황이다. 게다가 왕실군에 납품할 물건들도 얼른 준비를 해야 했다. 상인의 생명은 신용, 신뢰다. 이게 무너지면 상인, 상단의 생명은 끝났다고 해도 과언이 아니었다.

"노엘 부단장님."

"네."

"저는 노엘 부단장님을 믿어요. 더불어 차샤 단장님과 아리스 부단장님도 깊게 신뢰하고 있어요."

"네. 알고 있습니다."

"그래서 저는 세 분을 믿으니까 조언을 구하고 싶어요. 제가 어느 용병단과 계약하는 게 나을까요?"

"현실적으로 보자면 역시 레이첼 용병단밖에 없습니다. 고용비가 비싸긴 하지만 실력은 확실히 발군이고, 규모 면에서도 충분히 상행을 커버할 능력이 됩니다."

"……"

사실 휘린도 노엘이 레이첼 용병단에 손을 들어줄 것이라는 건 알고 있었다. 하지만 앞서 말했듯이 문제가 있었다. 아리스가 그쪽의 용병단장 레이첼의 얼굴에 검상을 입혔다는 문제가…….

"혹시 두 사람의 사이는 어떤가요?"

"휘린 가주님은 가주님의 얼굴에 검상을 입혀놓은 사람을 좋아할 건가요?"

"아니요."

고개를 저은 휘린은 둘 사이가 최악이라는 걸 깨달았다.

에휴.

그래서 한숨이 절로 나왔다.

하지만 그래도 노엘의 조언대로 레이첼 용병단에 연락을 넣어보는 게 낫단 생각이 들었다.

"헨리 경."

"네."

"일단 레이첼 용병단에 계약을 하고 싶다는 서신을 보내주세요."

"괜찮으시겠습니까?"

"네. 지금으로서는 레이첼 용병단이 최선이에요. 트러블이 생기면 중간에서 조정하는 것도 제 역할이라 생각하고요."

"네, 알겠습니다."

"지금 바로 준비해서 보내주세요. 빠른 시일 내로 만나자는 말도 꼭 넣어주시고요."

"알겠습니다. 그리 적어 보내겠습니다."

헨리는 두말 않고 바로 일어나 밖으로 나갔다.

후우.

뭔가 하나 정리가 된 것 같은 마음이 들어 휘린은 크게 심호흡을 했다. 가슴을 누르던 돌덩이가 조금은 작아진 것 같았다. 상단이 커지는 게 마냥 좋은 일만은 아니었다. 옛날의 명성과 규모를 되찾아가는 것 같아 기분은 좋지만, 그에 따라 신경 써야 할 부분이 너무나 많았다. 요즘 그녀는 쉬는 시간이 하루 네 시간 정도였고, 심할 때는 아예 밤을 새는 날도 있을 정도였으니 말 다했다.

"휴우, 아직 더 남았어요?"

"아카데미 설립 건이 아직 남았습니다."

"아, 맞다, 아카데미. 부지는 찾았어요?"

"네, 마침 적당한 곳이 있어 오늘 확인하고 왔습니다. 가주님이 생각한 백 명 정도면 충분할 거라 생각됩니다."

"다행이다……. 고마워요. 정말 너무 고마워요."

백만 골드.

그중 반 이상을 사용해 휘린은 아카데미를 지을 생각이었다. 원래 라블레스 가문이 기울기 전에도 아카데미는 운영했었다. 하지만 가세가 확 기울면서 결국 처분할 수밖에 없었다. 라블레스가 청송받았던 이유 중에 하나가 바로 무료 아카데미였고, 그게 선대, 그 이전 대 가주들이 적자를 보면서도 고집해 왔던 가문의 정책 중 하나였기에 휘린도 당연히 무료 아카데미를 개설할 예정이었다.

"내일 보러 가면 되겠네요."

휘잉! 휘이잉!

거친 바람 속에 눈만 안 와준다면 말이다.

"정말 무료 아카데미를 개설할 생각입니까?"

"네, 물론이에요. 선대의 정책이었는 걸요."

"……."

"반란이 일어나면서 많은 아이들이 또 고아가 됐어요. 일단은 최우선으로 전쟁고아들부터 받아서 가르치고, 입히고, 먹이고, 재울 생각이에요."

"……."

두 번이나 침묵했지만, 노엘은 이번만큼은 따뜻한 미소를 지어줬다. 마음 씀씀이가 참 착했다. 말이 무료지, 천문학적인 돈이 들어간다. 집도 없는 아이들이라 기숙사를 지어야 하고,

자기 위해 필요한 이부자리가 기본적으로 필요하고, 아침, 점심, 저녁까지 챙겨야 하니 식비 또한 만만치 않다. 그게 끝인가?

옷도 준비해 줘야 한다. 교육을 위해 따로 건물을 더 지어야 하고, 교육 설비도 들여야 한다. 서적도 구입해야 하고, 교육을 맡아줄 전문가들도 섭외해야 한다.

대충 생각해도 돈이 엄청 들어간다. 초기 투자금인 50만 골드로는 어림도 없을 것이다. 하지만 그녀도 믿는 구석은 있었다.

"다행히 마리아 여왕님이 많이 지원해 주신댔어요. 식비만큼은 오백 명 선까지 책임져 주신다니까, 부담이 크게 줄었어요."

오백 명의 식비.

아마 엄청날 것이다.

넉넉하게는 분명 못 주겠지만, 그래도 한창 자랄 아이들이라 최소한의 영양소를 섭취할 수 있을 정도는 식단을 맞춰야 한다. 그러니 적게 잡아도 돈이… 어휴. 고개가 절레절레 저어지는 금액이다.

그래서 가장 부담이 됐던 부분인데, 다행히 마리아 여왕이 휘린의 꿈을 듣곤 흔쾌히 지원해 주겠다고 해서, 본가로 내려오자마자 바로 학교 개설을 위해 움직이고 있었다. 다행히도 노엘이 도와주어 벌써 부지 선정이 끝나가고 있었다. 그 뒤로 둘은 30분쯤 더 일에 대한 얘기를 나눴다.

"휴우."

"고생했어."

노엘의 말투가 평대로 돌아오자, 휘린은 일적인 얘기가 다 끝났다는 걸 실감할 수 있었다. 그래서 방긋 웃었다. 휘린은 정말 노엘이 언니 같았다. 자유분방한 차샤나 아리스보단 이상하게 노엘에게 더욱 의지하는 휘린이었다.

헨리가 얘기가 끝난 걸 귀신같이 알아차리고는 노엘이 좋아하는 밀크티와 비스킷을 놓아주고 나갔다.

"석영 님이 계신 세상도 눈이 올까요?"

휘린이 창밖으로 바람결에 실려 떨어지는 눈을 보며 조용히 묻자, 노엘의 표정이 빠르게 굳었다.

"흥, 알게 뭐야. 오기만 해, 아주……."

손에 들려 있던 비스킷이 꽈작! 부서졌다. 단을 이끄는 건 차샤다. 그건 발키리 용병단 내 그 누구도 부정하지 않는다. 하지만 갈 길을 제시하는 건 노엘이다. 이 또한 누구도 부정하지 않았다.

안 그래도 반란에서 왕성을 지키며 용병단의 희생이 많아 인원을 보충한 지 얼마 안 된 참이다. 이럴 때 단장의 부재는 곧 용병단 자체의 기강에 영향을 준다. 단장이 딱 잡고 훈련을 시켜도 부족할 판인데 가장 중요한 역할을 해야 할 두 사람이 슝! 새하얀 빛과 함께 사라져 버렸다.

노엘 본인의 앞에서 사라졌기에 더더욱 황망했다.

처음에는 신기했지만 두 번째는 어이가 없었고, 세 번째는 분기탱천해 버렸다.

"그래도 좀 용서해 줘요. 석영 님이 도와달라고 해서 간 건데……."

"그럼, 용서는 해줘야지. 산에 한 달간 처박아놓는 걸로."

"헉……."

노엘의 대답에 휘린은 헛바람을 들이켰다. 그녀도 '산에 보낸다는 말의 뜻을 이제는 알았다. 편하게 산이라고 부르지만 실제는 '고립 훈련'이다. 최소한의 물과 식량을 주고 끝날 때까지 공격 측과 방어 측으로 버티는 훈련이 바로 고립 훈련이다.

프란 왕국의 지형 특성상 산악 지역이 꽤나 많고, 서북부 지역은 거의 산이라고 보면 되었다. 그리고 그곳으로 상행도 자주 나간다. 산간 지역이라 좋은 목재와 광석이 나기 때문이었다. 상인으로서 지형이 험하다고 상당한 이윤이 남는 종목인 목재, 광석을 포기할 순 없었다.

그래서 당연히 그쪽은 산적이 많았다. 훈련받지 않아도 산에 1년만 가둬놓으면 거짓말 같게도 날다람쥐처럼 산을 탈 수 있게 적응해 버린다. 그때를 대비한 훈련이 바로 '산'에서 이루어지는 '고립 훈련'이다. 그리고 발키리 용병단이 가장 치를 떠는 훈련이 바로 그 훈련이었다.

"언니, 서운하구나?"

"흥, 너도 서운하면서?"

"네, 헤헤."

휘린은 헤실헤실 웃었다.

확실히 다른 세상도 구경하고 싶었다. 하지만 힘들다는 걸 알고 있었다. 아직 자리도 제대로 잡지 못한 라블레스 상단이다. 거기에 자신이 빠지면? 최고 결정권자의 부재로 인해 업무가 반 정도는 스톱해 버릴 것이다.

발키리 용병단도 그런 사정은 마찬가지지만… 차샤와 아리스는 이미 내뺐다. 노엘이 화가 난 이유도 거기에 있었다.

"석영 님은 잘 지내고 있겠죠?"

"워낙에 강한 사람이니까. 우리가 걱정할 만한 일은 일어나지 않겠지. 그 세계가 그를 죽이는 데 모든 힘을 모으지 않는 이상."

"그렇겠죠?"

"응."

노엘은 석영을 굉장히 높게 평가했다.

보기에는 인간미도 떨어지고, 사람 자체가 딱딱하고 냉정하단 생각이 들었지만 그거야 어디까지나 겉모습일 뿐이었다. 나레스 협곡에서 혼자 후미를 지켜줬던 전투는 솔직히 말해 인간미와 동료애 없이는 절대로 불가능한 일이었다. 그날의 전투는 그가 후미를 맡아서 기사단을 궤멸시키지 않았더라면, 반대로 이쪽이 전멸했을 전투였다. 그래서 그날 살아남은 모두가 그에게 목숨을 빚을 졌다고 해도 과언이 아니라고 노엘은 생각했다.

'왕성 전투도 그랬고……'

왕성 전투도 마찬가지였다.

저격수의 참전은 아군에게 지대한 사기의 상승을, 적군에게는 날개 잃은 천사처럼 사기의 하락을 불러일으켰다. 덕분에 충차인가 뭔가 하는 걸로 악착같이 달려들던 적이 사기를 잃고 밍밍해져 버렸고, 겨우겨우 전투에서 승리할 수 있었다. 그날도 저격수가 없었으면 아마 발키리 용병단은 성벽 위에서 생을 죄다 마감했을 것이다.

노엘이 그렇게 생각하듯, 단순이 등장만으로도 아군의 사기 상승효과를 불러오는 게 바로 저격수란 존재였다.

노엘이 생각하는 그는 마치 마법 같았다.

그것도 이제는 역사 속으로 사라진 공격용 마법.

아군에게는 지대한 용기를.

적군에게는 끝없는 공포를.

문헌을 찾아보면 공격 마법이, 그런 효과를 불러일으킨다고 했다. 저격수의 존재가 딱 그랬다. 노엘은 그가 찾아와 건넨 제의를 받아들인 걸 참 다행이라고 생각했다. 만약 그와 척을 졌다면? 생각만 해도 끔찍했다. 앞날은 모르는 일이라는 게 노엘의 지론이라, 그와 끈끈한 우정을 맺고 있는 차샤나 송이 고마울 지경이었다.

하지만……

'그래도 날 빼고 갔고, 날 부르지도 않았으니까… 후후.'

산에는 가야겠지?

공과 사는 명확히 구분하는 노엘이었다.

"이젠 마음 접었어?"

아련한 표정으로 창밖을 보던 휘린에게 노엘은 툭, 무미건조한 목소리로 말을 던졌다. 그러자 흠칫했던 휘린의 어깨가 쭈글쭈글해졌다. 그러나 그것도 잠시, 다시 어깨를 편 휘린은 배시시 웃었다.

"제가 감히 가슴에 담기에는 너무 큰 분이잖아요?"

"흠……"

그거야 그렇다.

이제 프란 왕국에서 알아주는 상단이 되어가고 있는 라블레스 상단의 가주이지만, 저격수의 이름은 이미 휘드리아젤 대륙에 떨쳐 울리고 있었다. 그가 마음먹고 공표만 하면 마도 제국 알스테르담, 초원 제국 발바롯사, 해상 제국 악시온까지, 공작 자리까지 제의하며 모셔가려고 할 것이다.

이런 걸 흔히 급이 다르다고 표현한다.

그리고 안타깝지만…….

'이 아가씨가 단장이나, 그때 봤던 방패 아가씨를 넘어서긴 힘들겠지.'

이미 그녀 주변에만 저격수를 사모하는 이들이 꽤나 됐다.

특히 송에게 저격수는 '신'이나 다름없었다.

만월의 밤에 라이칸에게 물렸을 때 구해준 뒤로는 더욱 심해졌다. 그녀가 보기에 휘린은 송 정도면 어찌어찌 겨뤄볼 만하지만, 차샤나 방패 아가씨는 절대로 넘기 힘들 거라고 봤다. 그래서 조금 마음이 그랬다.

가슴앓이라는 게… 얼마나 아프고 힘든지 잘 아는 그녀라 이해가 가면서도 안쓰러웠다.

"그래도 여동생 자리는 놓치지 않을 생각이에요."

밝게 웃으려 노력하며 나온 말에 노엘은 고개를 끄덕여 줬다.

"힘내."

"네! 헤헤."

아잣! 하며 불끈 주먹을 쥐는 휘린을 향해 똑바로 웃어준 노엘은 자리에서 일어났다. 슬슬 눈발이 거세지고 있었다. 지금 안 가면 꼼짝없이 이곳에서 하루를 묵어야 할지도 몰랐다. 단장과 부단장이 부재중인 상황에 숙소를 비우는 건 현명하지 못했다.

"가시게요?"

"더 심해지기 전에 가야지. 내일은 날씨 봐서 내가 올 테니까, 안 오면 그냥 쉬는 걸로 해."

"네, 알겠어요."

"갈게."

"네, 언니. 조심히 가세요."

인사를 마치고 밖으로 나온 노엘은 바로 현관으로 향했다. 헨리가 가죽으로 만든 우산을 줬고, 그걸 받은 노엘은 가볍게 인사를 한 뒤에 문을 나섰다. 숙소로 돌아가던 중 노엘은 잠시 걸음을 멈추고 눈 내리는 하늘을 올려다봤다.

'산에 보내기… 딱 좋은 날씨인데.'

아쉽다.

두 사람이 아직 안 와서.

그런 아쉬운 마음을 뒤로한 채 노엘은 다시 길을 재촉했다.

한국으로 돌아온 건 일주일 하고 이틀이 더 지났을 때였다. 정확히 처음 내렸던 곳에 도착해, 하루를 기다렸다가 민간 선박을 통해 한국으로 돌아왔다. 그래도 올 땐 잠수함은 아니어서 먼 곳에서 온 네 사람이 눈을 휘둥그레 뜨는 일은 없었다. 하지만 결국 차를 타고 이동할 땐 연심 감탄을 흘려냈다. 자동차의 빠른 이동력은 둘째 치고, 스쳐가는 도심의 화려함에 넋을 거의 놓은 것이다.

휘드리아젤 대륙에서는 거의 볼 수 없는 10층 이상의 건물을 보곤 아예 입을 쩍 벌렸었다. 하지만 이들은 적응도 정말 빨랐다. 계속 그런 건물들을 보자 곧 이곳에선 흔한 것임을 알고는 빠르게 적응해 버렸다.

뭐, 나쁜 일은 아니기에 석영은 별말을 하지 않았다.

끼이익.

한지원과 김아영, 그리고 석영과 이방인 넷을 태운 차량이 드디어 집에 도착했다.

"흐흐, 추워!"

차에서 내린 챠사가 몸을 감싸고는 안절부절못했다. 그녀는 몸에 착 달라붙는 슈트가 이질적이라며 거절했는데, 지금 그 대가를 뼈저리게 치르는 중이었다. 그에 비해 아리스와 송, 매는 모두 몸에 맞는 슈트를 입고는 신기한 눈으로 사방을 훑어보고 있었다. 사실 기후나 환경은 휘드리아젤 대륙과 비교해 큰 차이는 없었다. 게다가 프란 왕국이 대륙 중부에 있어 계절적인 변화도 한국과 매우 흡사하다고 들었다.

하지만 국경만 넘어가도 이국적이라는 표현을 자주 한다.

한국과 비슷한 일본을 가더라도 확실히 문화적으로 다른 부분이 있을 수밖에 없었다.

"일단 개인 정비 좀 하고 만날까요? 오랜만에 느긋하게 씻고 싶기도 하고."

한지원의 말에 석영은 고개를 끄덕였다.

안 그래도 석영은 샤워를 좀 하고 싶었다. 러시아에서는 물티슈로 닦거나, 아니면 도시에 들렀을 때를 제외하고는 제대로 씻지 못했다. 그래서 석영도 샤워 생각이 간절하던 참이었다.

아영이는? 말해 뭐 하나. 아무리 털털해도, 아영이도 여자다. 그리고 그녀도 청결은 끔찍이 챙기는 쪽이었다.

근데 그럼 저 네 사람은?

석영이 그런 생각을 할 때쯤 한지원이 다시 입을 열었다.

"네 사람은 아영이랑 저랑 둘씩 따라와요. 아직은 생소한 것들이 많을 테니까요."

한지원이 깔끔하게 정리를 했고, 다들 고개를 끄덕이곤 각자 집으로 들어갔다. 집으로 들어온 석영은 바로 샤워할 생각을 포기해야만 했다. 몇 달간 집을 비웠더니 먼지가 엄청 쌓여 있었기 때문이다.

석영이 그리 깔끔을 떠는 편은 아니지만, 이렇게 먼지가 쌓이게 방치하는 쪽도 아니었다. 일단 창문을 싹 열고 먼지떨이로 한 번 삭 훑은 다음, 걸레로 한 번 닦고 나자 어느 정도 정리가 됐다. 물론 이걸로 깨끗해진 건 아니라 내일이나 모레 다시 청소를 해야겠다고 마음을 먹었다.

보일러를 맞춰 놓고, 커피를 한 잔 타서 소파에 앉은 석영은 TV를 틀었다. 세상은 여전히 러시아 생존 전쟁으로 인해 시끄러웠다. 어디 전선에서 승리했네, 어디 전선에서 패배했네, 어느 곳은 전멸했고, 어느 곳은 궤멸시켰고 등등의 뉴스가 거의 모든 채널에서 흘러나왔다.

이곳에서 웃고 떠드는 동안 러시아의 동토에서는 매일 사람이 죽어나간다. 그것도 괴물의 무자비한 칼날에 의해 수명을 채 누리지도 못한 채 말이다. 흐릿한 영상에 울부짖는 아이들이 나왔다.

천진난만해야 할 아이들이, 다 찢어진 옷을 입고 얼굴에 떼를 잔뜩 묻힌 채 울고 있었다. 하지만 그나마 그런 아이들은 사정이 좀 나았다. 텅 빈 동공으로 카메라를 응시하는 아이들은 이미 그 어린 나이에 삶의 의미를 빼앗긴 것 같은 표정들을 하고 있었다. 울고 불어도 안 된다는 걸 깨달은 아이들이 딱 저럴 것이다.

'아직도 리타 같은 아이들이…….'

석영은 그런 영상에 마가리타의 얼굴이 생각나 이를 꽉 깨물었다. 지켜주고 싶었지만, 지켜주지 못한… 아이. 인생에 처음으로 극한의 분노를 느꼈던 계기가 된 아이. 앵커가 다시 화면에 잡히며 정식으로 공습 날짜가 정해졌다는 보도가 이어서 흘러나왔지만 석영은 TV를 꺼버렸다.

베란다로 나온 석영은 담배를 하나 꺼내 입에 물었다. 이곳에서 이렇게 담배를 태우는 것도 참 오랜만이었다. 익숙한 경치와 익숙한 공간. 석영은 마음이 차분히 가라앉아 감을 느꼈다.

담배를 다 피운 석영은 바로 화장실로 향했다. 오랜만에 보는 신녀의 모습에 잠시 멈칫했지만 저 존재 또한 익숙했기 때문에 느긋하게 샤워를 맞췄다. 머리를 말리고 배낭을 정리하고 나자 여유가 찾아왔다.

이 또한 오랜만의 여유인지라 석영은 그냥 즐기기로 했다. 30분쯤 멍 때리고 있자 아영이에게 메시지가 왔다.

[오빠, 저녁은?]

"아, 저녁……."

전투식량? 진짜 고개가 절로 저어졌다. 맛대가리가 더럽게 없기로 유명한 전투식량을 먹느니, 계란이나 몇 개 삶아먹는 게 훨씬 더 나을 거란 생각까지 들었다.

[바비큐 파티나 할까?]

답장도 안 보냈는데 바로 연달아 온 메시지에 석영은 이응 두 개만 붙여서 보냈다. 그러자 다시 지잉! 바로 답장이 날아들었다.

[오키! 내가 네 사람 데리고 나가서 장 봐 올게! 오빠 준비 좀 해줘!]

좀 익숙해진 했어도 아직까지 이세계의 문물에 궁금증이 많을 테니, 나이스한 선택이라 생각했다. 출발할 때 연락하라고 답장을 보내준 석영은 필요한 게 있나 창고에 가서 확인을 했다. 드럼통을 눕혀서 반을 잘라놓고, 그 밑에 다시 철근을 교차시켜 용접으로 다리를 만들어놓은 바비큐 전용 판을 밖으로 꺼내놓았다. 그러면서 하늘을 봤더니, 별이 반짝였다. 다행히 눈이 올 것 같진 않았다. 그래도 혹시 몰라 적당한 곳에 천막을 설치했다. 그냥 세워 쭉 당기기만 하면 되는 편리한 놈이라 그리 어렵지도 않았다. 손을 털며 다시 창고로 들어간 석영은 나무 장작과 숯까지 확인하곤 다시 밖으로 나왔다.

"장작도 넉넉하고, 숯도 많고. 불 피우는 데 문제는 없겠네."

먹거리만 사면 충분할 것 같았다.

고기야 냉동시켜 놓은 것도 있지만 바비큐는 모름지기 생고기 아니겠는가. 바비큐 삼 대장인 삼겹살, 등심, 그리고 소고기 등심이면 최고의 파티가 될 것이다. 아영이의 집 현관문이 열리더니 저쪽 말고, 이쪽 스타일로 옷을 갈아입은 이방인 네 사람이 밖으로 나왔다.

"오!"

파바박!

석영을 발견한 차샤가 반바지 형태의 짧은 핫팬츠와 양털 재킷 차림으로 달려왔다.

"잘 어울리는데?"

"여기 옷은 노출이 심한 게 많던데?"

"그런 건 아니고. 아영이 취향이 그래서 그래."

"아항, 어때?"

"잘 어울린다니까?"

한 바퀴 빙글 도는 차샤의 모습은 확실히 이국적이었다. 그러나 안 어울리는 것도 아니었다. 차샤는 물론, 다른 세 사람의 원판이 워낙에 훌륭하다. 게다가 몸매는? 송을 빼면, 아니, 송까지 포함해 다들 죽여준다.

좀 저급하게 표현하자면 진짜 쭉쭉 **빵빵**이란 단어가 제일 잘 어울렸다. 특히 매와 아리스는 한지원과 비교해도 전혀 꿀리지 않을 정도였다. 온갖 실전 무술에 익숙한 여성들이니 몸매 관리는 사실상 할 필요도 없었다. 물론 아리스와 매는 타고난 덕이 더 컸다.

"오빠!"

아영이 제일 늦게 나왔다.

"운전 조심하고."

"에헤이, 내가 앤가? 걱정 마시지! 고기는 뭐로 사올까?"

"삼겹살이랑 등심, 소고기도 좀 사고. 나머진 이 사람들 먹고 싶은 거 위주로 사."

"오케이. 음… 마트까지 갔다 오려면 두 시간 정도 걸리겠다. 오빠가 밥 좀 해주고, 밑반찬도 좀 해 놔줘."

"그래."

"부탁할게. 자, 그럼 레츠 고!"

아영은 네 사람을 재촉해 바로 자신의 SUV 차량에 태워 출발했다. 석영은 다시 집으로 들어가 밥솥에 밥을 올리고, 예약 취사를 걸어놓은 뒤에 방으로 향했다. 준비할 게 별로 없으니 시간도 때울 겸, 오랜만에 게시판에 들어가 볼 생각이었다.

게시판은 여전히 활발하게 돌아가고 있었다. 특히 유료 영상 채널에 올라오는 카테고리가 새로 생겼는데, 장난이 아니었다. 물론 석영은 눈살을 찌푸려야 했다. 러시아로 사냥을 나간 팀이 찍은 전투 영상들이다. 그리고 그 영상들은 5분에 오백 원씩 받고 볼 수 있게 해놓았다. 물론 사냥의 기본 목적은 사냥꾼의 이득을 위해서다.

옛날로 따지면 뼈, 고기, 가죽 등등 생활에 도움이 되기 때문에 사냥이란 것이 생겨났다. 그건 인류가 시작될 때도 마찬가지였을 것이다.

하지만 시대는 변했다.

유성의 날 이후 세상은 변화를 맞이했고, 생존에 맞서 싸워야만 했다. 하지만 한쪽에서는 저렇게 괴물을 사냥하고, 그걸 영상으로 찍어 올려 돈을 버는 콘텐츠가 생겨났다. 솔직히 말해 이걸 나쁘다고 볼 수만은 없었다. 저들이 비록 돈과 아이템을 위해 참여한 이들이긴 하지만, 저 행동 자체가 결론적으로 러시아에 도움이 되기 때문이었다.

'살 사람은 살아야 하니까. 그리고 나도 그것 때문에 들어갔었으니까.'

석영은 저들을 비난하지 않기로 했다.

어차피 자신도 똑같은 목적을 가지고 들어갔었기 때문인 걸 자각했기 때문이다. 석영은 몇몇 베스트 영상을 보기로 마음먹고, 십만 원어치를 한 번에 결제했다.

1위. 천지개벽 라이트닝 스톰.

제목이 참으로 자극적이며 심플한 맛이 있었다. 10분 정도

되는 영상이 구매수가 무려 3천만이었다. 10분이니 천 원이다. 라니아사가 20%의 수수료를 가지고 간다고 쳐도 어마어마한 액수였다.

석영은 결제를 하고 영상을 다운받았다. 1여 분에 걸쳐 다운이 완료되고, 영상을 틀자 눈보라가 몰아치는 러시아의 평야가 모습을 드러냈다. 3분 정도 흐르자 새까만 로브(robe)차림에 칠흑처럼 어두운 기운이 감돌고 있는 쿼터스태프(Quarterstaff)를 든 여성의 뒷모습이 카메라에 잡혔다. 꾸불거리는 머리카락이 바람에 휘날리는 모습 자체가 이미 그림이었다.

영상이 5분쯤 지났을 때 카메라 초점에 잡혀 있던 평야에 몬스터가 모습을 드러내기 시작했다. 그리고 눈에 비가 섞이면서, 진눈깨비가 되어 천지를 덮기 시작했다. 7분 쯤, 마법사가 스태프를 들어 올렸다.

그러자 새하얀, 눈처럼 희고 고운 뇌전이 스태프 상단에 박힌 구슬을 중심으로 휘몰아치기 시작했다. 그리고 그 뇌전은 점점 부피를 늘려갔다. 동시에 진눈깨비를 내리던 하늘이 울기 시작했다.

우르릉…….

뇌운이 천천히 세상에 모습을 드러냈다.

그리고 그 뇌운 속에는 번쩍이며 천지를 쪼개란 명령을 받은 뇌전이 뱀처럼 꾸물거리고 있었다.

카메라가 다시 평야를 잡았다.

새까맣게 몰려들은 몬스터의 수가 족히 기백은 되어 보였다. 정점에 섰다고 판단이 되었는지, 여성의 하늘거리는 음성이 카메라에 담겼다.

라이트닝, 스톰.

한 박자 끊어 뱉은 시동어에 드디어 뇌전이 천지를 쪼개기 시작했다.

콰과과광⋯⋯!

콰앙!

장관이었다.

수십 줄기의 뇌전이 대지를 강타하는 모습은 그 단어로는 설명이 부족할 정도로 정말 장관이었다.

"비가 섞여 있는 평야에 뇌전이라⋯⋯."

정말 숨이 턱턱 막힐 정도로 광범위한 살상 마법은 넋을 빼놓고도 충분할 만했다. 그럼 몬스터는?

새까만 연기와 새하얀 증기가 피어오르는 평야의 모습을 담기 시작하는 걸 끝으로, 영상은 끝났다.

솔직히 말해 엄청나단 말밖엔 할 말이 없었다.

정말로 장관이라고, 그렇게 생각할 수밖에 없었다.

새하얀 벼락이 내리꽂히는 모습은, 천재지변(天災地變)이라고 생각될 정도로 압도적인 파괴력을 자랑했다.

저 안에 만약 들어가 있었다면?

과연 살 수 있을까?

확실하게 알 수는 없었다.

다만, 결코 무사하게 걸어 나오진 못할 거란 예감은 들었다.

'방어구에 투자 좀 해야겠는데?'

적으로 꼭 만난다는 보장은 없지만, 반대로 만나지 않을 거라는 보장도 없었다. 그러니 미리미리 준비해 둬서 나쁠 건 하나도 없었다. 그 뒤로 석영은 몇 개의 영상을 더 확인해 봤지만, 첫 번째 영상처럼 화끈하고 확 당기는 영상을 찾진 못해 그만 PC를 끄고 다시 거실로 나왔다.

잠시 거실에서 이제 뭘 할까 고민하던 석영은 일단 베란다로 나갔다. 담배를 하나 피우고, 저녁 준비를 하기로 결정했기 때문이었다.

치익.

"후우……."

아까도 느꼈지만, 익숙함으로 인해 포근함을 느끼는 장소에서의 여유는 석영에게 정신적인 힐링이 되어줬다.

'언제까지고 이런 여유가 계속되길 바라지만… 무리겠지.'

석영은 그 부분을 잘 알고 있었다.

평범?

전에는 그랬지만, 지금은 아예 비범함조차 넘어서 버린 삶이 됐다. 그래서 석영은 장담할 수 있었다.

"다음은 러시아보다 더욱 힘든 사건이 기다리고 있겠지……"

정말로 두 손 모아 그러지 않기를 바라지만, 그러지 않을 가능성은… 없었다. 그러니 지금 같은 일상? 누릴 수 있을 때 최대한 누려두는 게 최선책이다.

다 피운 담배를 비벼 끈 석영은 주방으로 가, 손을 씻고 저녁을 준비했다. 준비라고 해봐야 별거 없었다.

매콤한 양념 소스, 달달한 간장 소스, 새콤한 드레싱 소스가 전부였다. 다 만들고 나니 30분이 지나 있었고, 아영과 이방인 네 사람이 돌아올 시간이 됐다. 석영은 냉장고를 열어 맥주와 소주, 그리고 담금주 등과 물, 음료, 주스를 아이스박스에 담아 밖에 내놓고는 불을 지피기 시작했다.

겨울바람이 불었지만 그리 춥지는 않았다.

그다음은 그릇과 젓가락 등을 마지막으로 세팅하고는 의자에 앉아 쉬기 시작했다. 폰을 뒤적거리면서 쉬기를 20분쯤, 자동차의 엔진 소리와 바퀴가 자갈을 밟는 소리가 연달아 들리기 시작했다.

마을 주민 포함 10여 가구가 전부인 이곳에, 이 시간에 올

차량은 아영의 차밖에 없었다. 역시 차는 아영의 집 앞에서 멈춰 섰다.

"오빠! 준비 끝?"

"어. 끝났으니까 바로 올라와."

"오케이! 화장실 갔다가 갈 테니까 지원 언니한테 연락해 줘!"

그 말에 석영은 한지원에게 올라오란 메시지를 보내고, 아래로 내려가 짐을 받아왔다.

이방인 네 사람의 눈빛은 아주 초롱초롱했다. 이세계의 문물에 아주 흠뻑 젖은 얼굴들이라, 석영은 피식 웃음이 나오는 걸 막지 못했다.

"어땠어?"

"흐흐."

차샤는 대답 대신 웃음에, 엄지를 척 내밀었다. 짐을 내려놓고 밝은 곳에서 네 사람을 보자, 아예 얼굴에 황홀함까지 담고 있는 사람도 있었다.

"신기하지?"

"와… 장난 아니던데요?"

"놀랄 만하긴 했을 거다. 그런데 여기도 휘드리아젤 대륙으로 쳤을 땐 그냥 평범한 크기의 성이야."

"컥… 진짜요?"

"그래. 그쪽 기준으로 도성은 인구가 못해도 천오백만은 돼."

"……."

근데 이 정도도 많이 줄은 거다.

몬스터 소환 이후, 도심의 혼란스러움이 얼마나 생존에 치명적인지 깨달은 사람들이 속속 서울을 빠져나갔기 때문이었다. 그래서 요즘은 중소 도시인 지방 쪽으로 인구가 몰리고 있다는 기사가 몇 번이나 나온 적이 있었다.

"시간만 많다면 백 층에 가까운 건물도 보여줄 텐데."

"배, 백 층이요……?"

"응, 백 층."

와…….

송의 입은 쩍 벌어져서 다물어지지를 않았다.

딱 봐도 도저히 상상이 안 가는 모습이었다. 그녀는 뒤이어 손가락을 하나씩 꼽으며, 층을 계산하기 시작했다. 그렇게 해서 계산이 될 사이즈가 아니지만 석영은 그냥 피식 웃곤 내버려 뒀다.

굳이 정정해 줄 필요를 못 느꼈기 때문이었다.

"뭐 도와줄까요?"

흥분을 가라앉힌 아리스의 말에 석영은 고개를 젓고는 준비를 시작했다. 아영이 사온 채소를 찬물에 씻어 준비해 놓은 소쿠리에 담고, 파채는 세 접시에 나눠 준비해 둔 소스를 뿌렸다. 기본적인 준비는 끝났다.

이방인 넷은 석영이 해놓은 파절이를 맛보고는 몸을 부르르 떨어댔다.

"매워! 달아! 셔!"

"근데 맛있는데요? 달달하고."

피식.

차샤와 아리스의 감상평에 석영은 다시 실소를 흘렸다. 아영이 센스 있게 사온 일회용 숯 위에다가 올리곤 고기를 준비했다.

"제가 하겠습니다."

노엘을 닮아 매우 딱딱한 매의 말에 석영은 고개를 저었다. 먼 곳에서 자신의 일 때문에 소환한 사람들이다. 그런데 불평도 없이 끝까지 도와주고, 여행 겸 휴식을 위해 집까지 같이 왔다. 그러니 이 정도의 대접은 꼭 직접 해주고 싶었다.

불이 은은하게 잘 피워져 있어 지금 고기를 굽기에는 딱이었다. 무슨 정육점을 싹 털어왔는지, A++ 등급의 등심이 다섯 팩, 그 외의 부위도 세 팩씩 있었다. 삼겹살과 목살도 열 근은 되어 보였다.

딱 등심 두 팩을 찢어 불판에 올리는 순간 한지원이 등장했다.

"미안해요. 깜빡 잠들어서."

"괜찮습니다."

석영은 지금 자는 것보다, 이따 밤부터 아침까지 뻗는 게 훨씬 더 나을 거란 생각을 이미 아까 전부터 하고 있었다. 그 래서 그녀가 늦게 왔어도 별다른 감정은 들지 않았다. 그런 마음에서 나온 석영의 답을 들은 한지원은 장갑을 끼고 집게 를 든 뒤에 불판 앞으로 다가왔다.

"좀 쉬었어요?"

"네. 오랜만에 커피도 마시고, 담배도 피우고."

"후후, 저도요. 긴장이 풀렸는지 아주 기절하듯이 잤네요."

"저도 이따가는 그럴 것 같네요."

석영은 그녀가 참 대단하다고 생각했다.

작전에서 지휘관이 받는 심리적인 프레셔(pressure)는 정말 상상을 초월한다. 주어진 임무를 수행하는 대원들보다 훨씬, 정말 훨씬 더 큰 압박을 받는다. 정보 취득, 조합, 작전 입안, 작전 개시, 이 정도로 끝나는 게 아니기 때문이다. 대원들의 부상은 물론, 컨디션도 신경 써야 하고, 선택을 잘못하면 단순 히 다치는 걸로 끝나지 않는다.

전투란 언제나 목숨을 담보로 걸어야 하기 때문이다. 그래 서 항상 최선의 판단을 내리기 위해 고심에 고심을 해야 하 고, 그 자체가 압박감을 만들어낸다. 압박감이 생기면? 아주 피곤해지는 거다.

그런데 한지원은 정말 말도 안 되게도, 단 한 명의 희생자도 나오지 않게 철두철미한 모습을 보였고, 그 결과 전원이 무사 귀환했다.

'말도 안 되는 일이지……'

너무나 비현실적인 일을, 현실로 만들어 버린 한지원이다. 하지만 그 덕분에 한지원은 아까도 말했듯이 엄청난 프레셔를 받았다. 그런데도 두어 시간 만에 잠에서 깬 걸 보면 진짜 고개가 절레절레 저어질 정도로 독하단 생각이 뒤이어 들었다.

고개를 저어 생각을 정리한 석영은 적당히 미디엄으로 익은 등심을 먹기 좋게 잘라 접시에 담고는 오늘의 주인공이라 할 수 있는 네 사람의 앞에 가져다 줬다.

"와… 여기도 이렇게 해 먹네? 사람 사는 곳 다 비슷하다는 건가?"

"후후, 우리 회식할 때 같지 않아요?"

"그러게 말이다. 어디 보자. 이게 술인가?"

"그런 것 같네요."

석영이 다시 고기를 굽자 한지원이 움직여 네 사람의 잔에 술을 가득 따라줬다.

"고마웠어요."

"고맙기는? 우린 저 저격수 씨에게 도움을 받은 게 꽤나 많아서 이 정도는 당연하다고 생각하는 중인데?"

"그랬어요?"

"그럼, 그랬지⋯⋯."

그러면서 차샤가 예전에 있었던 나레스 협곡의 전투, 왕성 전투, 마지막으로 만월의 밤에 있었던 일까지 얘기했다. 어느새 합류한 아영도 그 얘기에 귀를 기울였다. 덕분에 석영은 혼자 마음 편하게 고기를 먹을 수 있었다. 여자들끼리라 그런지 처음엔 좀 서먹서먹한 것 같더니, 술이랑 고기, 그리고 대화가 이어지면 이어질수록 금방 친해졌다. 석영은 그들을 방해하지 않았다.

적당히 배가 차자 마당에서 좀 떨어진 곳에 만들어놓은 흔들의자로 맥주를 하나 들고 가서 앉았다.

치이익, 탁.

치익.

캔을 따고, 담배에 불을 붙인 석영은 느긋하게 여유를 즐기기 시작했다. 해는 완전히 졌다. 하지만 마당 현관과 집 처마, 아까 쳐놓은 텐트에 걸어놓은 등으로 인해 주변은 꽤나 밝았다.

'이젠 뭐 하지?'

딱히 반드시 해야 할 게 없으니, 앞으로 일정에 대해 자연스레 생각이 미쳤다. 그런데 생각해도 딱히 해야 할 게 없었다.

굳이 꼽으라면… 개인 정비쯤? 일단 정산을 끝마치고, 아까 생각했던 방어구 위주로 아이템 세팅을 바꿔야 할 것 같았다. 생각해 보니까 이제 슬슬 마법 공격을 할 놈들이 나올 때가 된 것 같았기 때문이다.

'장로나 흑장로도 나올 거고……. 사장로도 나오겠지.'

휘드리아젤 대륙이야 공격 마법이 아예 실전된 마당이니 상관없지만, 몬스터 소환은 라니아가 기반인 것 같았다. 기묘한 현상이지만 애초에 이해하기를 포기했다. 지금은 그저 준비를 똑바로 해놓는 게 최선이었다.

'차라리 물리, 마법 방어구 세트를 따로따로 맞춰야겠군.'

휘드리아젤 대륙에서는 물리 세트, 이곳에서는 마방 세트, 딱 이렇게 하면 될 것 같았다. 이번에 들어올 수입이 정확히 어느 정도인지는 모르지만, 아이템과 함께 진짜 장난 아니게 들어올 것이기 때문에 큰 부담은 없을 것 같았다.

'러시아로 가기 전에 벌어놓은 것도 많았고 하니 문제는 없겠지.'

그렇게 딱 생각을 마치는데, 한지원이 맥주를 하나 들고 찾아왔다.

"벌이 꽃밭에 안 있고 여기서 뭐 해요?"

꽃밭?

석영은 고개를 절레절레 저었다.

"가시가 잔뜩 난 꽃은 사절입니다."

"어머, 아영이가 들었으면 쌍심지를 켰을 대답이네요?"

"없으니까 한 말입니다."

"그럼 저는요?"

"이 정도는 넘어가 줄 거라 믿었습니다."

"후후, 능글맞아졌네요?"

"농담 정도는 할 수 있는 사이는 된다고 생각했으니까요."

"좋아요. 좋은 변화예요. 자, 무사 귀환을 축하하며."

"……"

한지원이 내민 캔에 석영도 가볍게 캔을 가져다 댔다.

"내일 저녁, 독일군의 공습이 러시아 후방에 있을 예정이에요."

"음……"

"우리가 딱 맞는 시기에 빠져나온 거죠."

"지원 씨 말을 듣기를 잘했네요."

"아직 결과가 나온 건 아니니까, 그때 가서 감사 인사든 원망이든 듣는 걸로 할게요. 그리고 그놈들, 대령님한테 보고해서 추적 부탁해 놨어요. 아마 우리처럼 밀입국을 했을 가능성이 높아서 늦어도 한 달 이내에는 찾을 수 있을 거예요."

"따로 금액이 필요합니까?"

"이번 건 공짜로 할게요. 석영 씨 마음 저도 모르는 거 아니니까."

"혹시 많이 들어가면 얘기해 주세요."

"네. 흐으음, 배도 부르고. 전 오늘은 그만 들어갈게요. 미안하지만 뒷정리까지 부탁해도 될까요?"

"네."

석영이 대답하자 한지원은 자리에서 일어나 다시 한번 기지개를 쭉 켠 뒤에 아직도 대화가 한창인 다섯 명의 여인네들에게 인사를 하고는, 그대로 석영의 집을 떠났다. 석영도 일어나 다시 고기를 구웠다.

이미 술판을 벌이기 시작한 아영이와 이방인 넷을 위해서였다. 물론 석영도 조금 꺼진 배를 등심 한 팩으로 다시 채웠다. 고기를 구워 가져다주자, 아영이 살짝 풀린 눈으로 물었다.

"들어가게?"

"응. 슬슬 피곤하네. 넌 더 마시려고?"

"응. 이 사람들이랑 언제 또 이렇게 술 마셔보겠어?"

"뭘, 넘어가면 또 볼 건데."

"여기서 말이야, 여기서."

피식.

핑계는…….

"그럼 마시고 그냥 가서 자. 내가 내일 일어나서 치울 테니까."

"웅, 오빠 잘 자! 쪽!"

꺄아!

아영이 손 키스를 날리자 난리가 났다.

물론 차샤의 눈에는 쌍심지가 훅 들어왔다.

석영은 그런 여인네들을 내버려 두고 방으로 들어와서 침대에 누웠다. 그리고 기절까지는 딱 1분 정도 걸렸다.

러시아에서 한국으로 돌아오고 나서 일주일이 순식간에 지났다. 이방인 넷은 이틀을 더 아영이와 놀러 다니다가 돌아갔다. 석영은 그들이 가자 섭섭하면서도 홀가분했다.

첫날까지 2박 3일이었지만 워낙에 성격들이 독특해서 거기에 맞춰주느라 상당히 피곤했다.

하지만 도와준 마음이 고마워서 또 섭섭하기도 한, 그런 마음이 들었었다.

독일군의 공습은 결과가 아직 나오지 않았다. 하지만 석영은 그쪽에 거의 관심을 껐다.

러시아의 미래를 위해 나선 게 아니었고, 그곳에서 워낙에 더러운 상황을 맛봤기 때문에 관심에서 아예 멀어져 버렸다. 이후 석영은 선택한 건 개인 정비와 휴식이었다.

사실 개인 정비라고 해봐야 별거 없었다. 아직 장세미 대령이 오지 않은 터라 정산이 미뤄졌고, 그래서 석영은 일단 리스트만 뽑아놓고 대기하고 있었다. 그래서 석영은 그녀들이 떠나고 남은 사 일을 내리 쉬었다.

먹고, 자고, 놀고, 먹고, 자고, 놀고. 가끔 산도 타고, 가끔 술도 마시고, 그러면서 사 일을 보냈더니 컨디션이 거의 정상으로 돌아왔다.

마당에 나와 모닥불을 지펴놓고, 겨울의 정오를 석영은 느긋하게 즐겼다. 간만에 책도 먼지가 쌓여 있던 소설책도 꺼내 온 채였다.

책장을 50장쯤 넘겼을 때, 석영의 한가로움을 파괴할 목적이 다분한 표정의 아영이 올라왔다.

"어이고, 팔자 좋네, 팔자 좋아."

그러더니 쿡쿡, 고양이처럼 입을 가리고 웃었다.

"……"

"간만에 여유로우니 뭔가 이상하다."

석영이 누워 있는 선 베드와 같은 걸 창고에서 꺼내 온 아영이 옆에 누우며 한 말에, 석영은 조용히 고개만 끄덕였다.

안 그래도 아영처럼 같은 감정을 느끼던 차였다.

석영은 손에 타천 활을 쥔 이후, 한 번도 이렇게 여유를 가져본 적이 없었다. 항상 움직였고, 항상 싸워댔다. 죽음의 고비도 넘겼고, 그 결과 영웅이 되기도 했다.

그 길이 순탄했을까?

결코 쉽지 않았다.

첫 접속부터 러시아까지 어렵게 살아왔다.

그래서 석영은 이번엔 정말 지칠 때까지 쉴 생각이었다.

"지원 씨는?"

"아직 연락 없네? 오늘 내일 중으로 온다고는 했으니까 좀 더 기다리면 연락 오겠지, 뭐. 그보다 계속 이렇게 늘어져 있을 거야?"

"늘어져 있는 게 아니라, 쉬는 거야."

"이거나 그거나? 다를 게 하나도 없는데?"

"나한테는 달라."

"치……."

아영은 소설을 읽는 걸 끔찍이 싫어했다.

오죽하면 대본도 진짜 보기 싫어서 매니저를 시켰을 정도였다.

그런 아영이 잠시 조용한가 싶더니, 갑자기 상체를 휙 소리나게 세워 석영에게 향했다.

"그러지 말고, 시내나 나갔다 올까?"

사락.

"나가서 뭐 하게?"

"영화도 보고, 뭐 그러자는 거지. 일종의 데이트라고 할까?"

"나랑 그걸 하고 싶어?"

"……."

찌릿, 찌릿.

눈을 게슴츠레 뜬 아영의 눈빛에서 사나운 기세가 쏟아져 나와, 석영을 사정없이 쿡쿡 찌르기 시작했다.

석영은 쓴웃음을 지었다. 말실수했다는 걸 깨달았기 때문이었다.

아영이는 어느 순간부터 자신에 대한 호감과 감정을 숨기지 않고 드러냈다. 그걸 석영도 잘 알면서 좀 전의 대답이 나온 건 너무나 성의도 없었고, 무책임한 대답이었다.

"쏘리. 실언했다."

"또 그런 소리하면 나 진짜 화낼 거야."

"알았어."

"오빠니까, 오빠니까 하자고 하는 거야. 나 김아영이야. 천하의 김아영이 아무 남자한테나 데이트하자고 조르는 줄 알아?"

"……."

후우…….

석영은 책을 덮었다.

여기서 책까지 보고 있으면 아영이가 진짜 폭발할 것 같았기 때문이다. 아무리 평소에 생글생글, 속없는 애처럼 굴어도 진짜 화나면 통제조차 벗어나는 애가 아영이었다. 그러니 얼른 저 화를 진정시켜 줄 필요가 있었다.

"후… 봐준다. 대신 얼른 옷 입고 준비해. 나도 옷만 입으면 되니까 바로 나갈 거야."

"…그래."

석영은 군말 없이 일어났다.

어쩔 수 없이 대답이 좀 늦게 나와 다시 한번 아영이의 눈빛에 불이 들어오게 만들긴 했지만, 그래도 다행히 더 이상 뭐라고 하진 않았다.

집 안으로 들어간 석영은 적당히 청바지에 스웨터, 그리고 검은색 롱 패딩을 걸쳤다. 신발은 당연히 군화였다. 스타일이 좋게 나온 군화라 청바지에 신기에 부담이 없었고, 혹시 모를 상황에 움직이기 편하기까지 하니 이게 최고였다.

그렇게 10분도 안 되어 준비를 마친 석영은 키를 챙기고 나와 오랜만에 차고를 열었다.

차고 중간에 있는 새까만 비닐 커버를 벗겨내니 검은색 랜드로버 SUV가 모습을 드러냈다.

세상이 변하기 전 석영의 인생에서 가장 큰 사치였지만 중

고로 사서 그리 많은 돈은 들지 않았다.

삐삑.

우으응.

다행히 문제없이 문도 열렸고, 시동도 걸렸다.

간만에 하는 운전이라 좀 버벅이긴 했지만 바로 감을 찾았다.

아영이의 집 앞에 차를 대고 기다렸지만, 한참을 기다려도 나오질 않았다. 10분, 20분이 지나자 석영은 고개를 절레절레 젓고는 밖으로 나와 담배를 꺼내 물었다.

'여자긴 여자구나…….'

여자의 준비는 아무리 빨라도 한 시간이랬던가? 누가 한 말인지는 모르겠지만 진짜 그 말이 딱 맞았다.

담배를 하나 다 피우고, 10분쯤 더 기다리고 나자 아영이의 집 현관문이 열렸다. 그리고 걸어 나온 아영을 보곤 석영은 잠시간 말을 잊지 못했다.

잊고 있었다.

김아영이 연예인이었다는 사실을.

그래서 석영은 오랜만에 심장이 내지르는 기분 좋은 비명을 들을 수 있었다.

*   *   *

역시 연예인은 연예인이다.

아영이가 꾸민 모습은 남녀노소 할 것 없이 모두의 시선을
단박에 잡아끌었다.

아예 늘씬한 각선미를 이 추운 날에도 뽐낼 작정을 했는지,
착 달라붙는 스키니 진에 아이보리 색상의 실크 셔츠를 받쳐
입고, 과도한 자신감을 장착한 가슴을 대놓고 보여줬다. 거기
에 진홍색 코트, 구불거리는 금발, 화룡점정이라 할 수 있는
순수 자연산 외모가 더해지자 이건 뭐, 지나가다 안 힐끔거리
는 게 이상할 정도였다.

그런 그녀가 석영의 팔짱을 착 끼고 자신감 넘치는 워킹을
하고 있었다. 그녀에게 갔던 시선이 이어서 석영에게 벌처럼
날아든 것은 지극히 당연한 일이었다.

그리고 그런 그녀를 알아보는 사람도 생겼다.

저 여자, 김아영 아냐?

왜, 아이돌 출신 여배우!

맞지?

맞는 거 같은데?

김아영 맞네!

등등, 소곤거리는 소리도 여지없이 들려왔다. 그러나 아영
은 그런 소곤거림과 시선이 익숙한지 아예 신경도 쓰지 않았

다. 물론 석영은 반대였다. 이런 과한 관심? 아오… 생각만 해
도 불편했다.

"오빠, 닭 꼬치! 저거 하나 사 먹자!"

"그래."

석영은 기왕 나온 김에 그동안 아영이에게 고마웠던 점을
모두 보상해 주기로 했다. 그녀는 먼저 부탁한 것도 아닌데 많
은 부분에서 석영를 먼저 챙겨줬었다.

특히 나레스 협곡에서는 그녀가 없었으면 지금의 석영도 없
었을 것이라 생각해도 될 정도로 큰 도움을 받았다. 아니, 도
움 정도로는 설명하기 힘들었다.

'구명의 은(恩)이지.'

그녀가 없었으면 석영은 거기서 뼈를 묻고도 남았다. 그런
감사함을 석영은 여태껏 제대로 보답해 주지 못했었다. 바쁘
기도 했었다.

돌아와서 미국, 미국에서 돌아와서는 다시 왕성 전투, 왕성
전투가 끝나고는 또다시 러시아로 갔다.

생존에 대한 준비를 하는 것만으로도 충분히 바빴다.

그러던 차에 이런 시간이 찾아왔으니, 차라리 그녀가 하자
는 걸 다 해주는 걸로 석영은 그녀에게 대한 고마움을 조금이
나마 갚기로 했다.

"어머, 예쁜 아가씨네. 자, 여기."

"호호, 감사합니다. 많이 파세요!"

"그려그려, 명절 잘 쇠고. 복 많이 받아요, 아가씨."

"네! 사장님도요!"

아영은 밝게 웃으며 인사하고는 닭 꼬치를 들고 다시 석영을 인파 속으로 잡아끌었다. 충주 시내는 명절이 이틀 뒤로 다가와 그런지 사람이 엄청나게 붐볐다.

본래는 인구 20만의 소도시가, 지금은 아직 추산 불가로 정해진 도시로 발전해 가고 있었다. 거대 그룹 중 하나인 중원그룹이 본사를 충주로 옮기는 선택을 감행했다.

그리고 그룹 본사로 사용할 80여 층 사옥이 지어짐과 동시에 반도체, 물류 센터, 냉동 창고, 마지막으로 택배 보관소를 충주의 동서남북에 지어버렸다.

엄청난 자금이 소요됐지만 중원그룹은 회사 보유금으로 그 모든 걸 감당할 만한 여력이 있는 대기업이었다.

원래 그 네 개의 공장이 있던 지역 자치 단체에서 엄청 반대했지만, 그들이 내건 이유는 하나였다.

가족을 지키기 위해서다!

이 이유 하나에 모두 깨갱해 버렸다.

어쨌든, 모두가 헐! 하는 결정을 내리면서 충주의 인구가 확 늘어났다.

어디 일하는 사람들만 오나? 가족들까지 오니 더더욱 늘어났고, 인구는 더더욱 늘어났다. 아니, 늘어날 예정이었다.

하지만 석영은 한가롭다 못해 고요하던 충주의 변화가 사실 그리 마뜩치 않았다. 워낙에 조용한 걸 선호하기 때문이었다.

사람이 모여들면? 살 집이 부족하니 시외까지 주택이나 기숙사, 아파트 건설이 시작될 것이다. 석영이 사는 산골도 솔직히 시내에서 차로 25분, 30분 정도 거리밖에 안 돼서 언제고 공사가 시작될 가능성이 있었다.

석영은 그게 싫었다.

위잉! 위잉! 드르륵! 드르륵! 쿵쾅! 쿵쾅! 거리는 그 공사 소음을 상상만 했는데도 한숨이 흘러나왔다.

"왜?"

"아니, 아무것도 아니다. 저녁은?"

"영화 보고 먹자. 괜찮은 데 알아놨어."

"그래."

다 먹은 꼬치를 길가의 쓰레기통에 버린 아영이 다시 석영의 팔을 잡고 이끌었다. 신기하게도 세상이 이 지경인데, 영화나 드라마는 계속 제작이 됐다.

하지만 당연한 일이었다. 삶에 불안감이 끼어드는 것 자체가 굉장히 심각한 일이다. 한두 명도 아니고, 몇십만, 몇백만의 마음에 그런 마이너스 감정이 끼어들면? 국가 자체의 역량이 떨어지는 사태로 번질 수 있었다. 그래서 삶의 활력을 불어넣기 위해 드라마나 영화는 국가사업으로 지정이 됐을 정도였다. 그리고 한동안 추모하느라 멈춰 있었던 예능도 다시 시작되고 있었다.

아이돌?

지금 국가에서 직접 뽑고, 연습까지 시킨다고 들었다.

'여기까지 생각한 걸 보면 이번 정부는 참 쓸 만해.'

그리고 석영도 이런 방침에는 찬성이었다.

오랜만에 보는 영화는 괜찮았다.

감성을 자극하는 순수한 첫사랑 이야기였다.

영화를 다 보고 나와서 아영이 찾고, 예약했다는 레스토랑으로 바로 향했다.

단월강변의 '포카라'란 상호명의 아시아 퓨전 음식점이었다. 아영의 추천으로 두부 스테이크와 로제 파스타, 나시고랭을 시켜놓고 와인까지 곁들여 기분 좋게 저녁을 먹었다.

"맛있지?"

"응. 오랜만에 먹으니까 진짜 괜찮네."

"후후, 오빠 나 덕에 호강하는 거야, 오늘."

"음… 그건 인정."

"그런 의미에서, 자."

땡……

와인 잔끼리의 가벼운 부딪침은 맑고 설레는 소리를 만들어
냈다.

석영은 적당히 배가 차자 포크와 수저를 내려놓았다. 그러
곤 시선을 들어 아영을 바라봤다.

조명 아래 아영이의 얼굴은 이미 와인에 불을 조금 타놓은
색처럼 수줍게 물들어 있었다.

두근.

두근, 두근.

석영은 다시 오늘 아영이 나왔을 때의 두근거림을 느꼈다.

묘하게 붉은 눈빛.

조명 탓이 아닌 정말로 붉은 기가 감도는 아영이의 눈빛은
분명 확실한 매력을 품은 채, 확실한 감정을 내보이고 있었다.
석영은 그 눈빛을 피하지 않았다.

"……."

"……."

주변의 커플들처럼 말없이 눈빛을 교환하는 두 사람. 잠시
뒤에 익숙한 동작으로 일어난 아영이 주변은 신경 쓰지 않고
스킨십을 한다는 프랑스 여자처럼 석영의 무릎에 앉고는 석영
의 목을 끌어안았다.

그러곤 우아한 동작으로 입술을 맞췄다.

커튼을 뚫고 들어오는 햇볕에 잠에서 깬 석영은 팔에서 느

껴지는 묵직한 무게감에 잠시 흠칫 놀랐다. 고개를 돌려보니 아영이 석영의 팔을 베고 새근새근 잠들어 있었다.

'아…….'

석영은 그제야 불꽃처럼 타올랐던 어젯밤을 기억해 냈다. 레스토랑 포카라에서 나와 둘은 바로 집으로 왔다. 그리고 석영의 집에서 와인을 한잔 더 했다.

늦은 밤.

둘밖에 없는 공간.

와인.

산속의 고요함.

모든 게 완벽했다.

와인을 한 병 비웠을 때, 둘이 적당히 취했을 때, 석영은 안겨오는 아영을 거절하지 않았다. 아니, 오히려 적극적으로 탐(貪)했다.

둘은 이성을 잃은 것처럼 서로에게 달라붙었다. 아영은 그동안 석영을 좋아했던 감정에 대한 보상을 받으려는 것처럼 정말 거칠게 달려들었다. 석영도 중학생 때 이 집 밑에 살던 누나에게 동정을 빼앗긴 이후 처음인지라, 끝까지 아영을 탐했다.

붙었던 불이 꺼진 건 새벽쯤이었다.

두 사람 모두 모든 것을 쏟아내고 나서야 기절하듯 잠에 빠져들었다. 그리고 지금 석영이 먼저 일어난 것이다.

"으음……."

아영이 작게 뒤척이며 돌아누워 석영을 가슴속으로 파고들었다.

실오라기 하나 걸치지 않은 아영이에게서 따뜻한 체온이 느껴졌다. 규칙적이던 호흡 소리가 불규칙하게 변했다.

석영은 아영이 잠에서 깼음을 알 수 있었다.

하지만 굳이 그걸 아는 척하지 않았다. 잠에서 깨며 느껴지기 시작한 미세한 떨림도 같이 느꼈기 때문이다.

"……."

"……."

그래서 생각보다 불편한 침묵이 침대 위에 새벽안개처럼 퍼지기 시작했다. 잠시 그런 분위기를 느끼고 있던 와중에 아영의 입술이 슬그머니 말려 올라갔다.

"오빠……."

막 자다 깨서 그런지 완전히 잠겨 있는 목소리였다.

"응?"

"허리 아퍼……."

피식.

석영은 아영이의 말에 실소를 흘렸다.

설마 강화로 단련된 몸이 격정적인 하룻밤을 보냈다고 삐걱

거릴까. 아마 이 분위기를 타파하고 싶어 던진 얘기가 분명했다. 그러나 이번에도 석영은 그냥 모른 척해줬다. 왜? 석영도 이런 분위기는 어색했기 때문이다.

"좀 더 잘래?"

"응……."

그렇게 대답하는 아영이의 볼에 다시금 홍조가 깃들었다. 그러곤 눈을 떴다.

따로 붙인 것도 아닌데 아영이의 속눈썹은 굉장히 길고, 가지런했다. 뒤이어 붉은 기가 감도는 아영이의 눈동자가 들어왔다.

아침도 그런 색이 감도는 걸 보고 석영은 좀 놀랐다. 어제는 무드 등의 조명과 술기운 때문에 붉은 기가 감도는 건 줄 알았는데 이제 보니 아니었다.

여우처럼 휘는 눈꼬리에 석영은 일단 생각을 멈췄다.

"오빠……?"

"난 일어나려고. 아침도 준비해야지."

"흐… 이상적인 남편일세."

이상일 것까지야.

굳이 이유를 얘기하자면 아영이의 요리 솜씨가 너무 형편없어서 직접 하는 게 훨씬 낫기 때문이었지만 그걸 얘기할 정도로 석영이 눈치가 없는 건 아니었다.

"그럼 난 더 잘게……."

"응."

다시 등을 돌리고 뒤척이는 아영이를 뒤로하고 석영은 침대
에서 일어나 옷을 걸치고 방을 나갔다. 석영은 일단 베란다로
나갔다. 문을 열자 시원하다 못해 차가운 아침 공기가 석영의
전신을 향해 와다다다 달려들었다.

솔직히 시원한 게 아니라 따가운 정도였지만 정신은 그래도
맑아지고 있었다.

치익.

"후우……."

간밤에 눈이 왔는지 천지가 새하얗게 물들어 있었다. 석영
은 그게 좀 신기했다.

이 시기에는 눈이 잘 내리지 않기 때문이었다. 하지만 예외
도 있는 법이니까, 그냥 대충 이해하기로 했다. 다음으론 아영
이의 눈동자가 다시 수면 위로 올라왔다.

"흠……."

처음 봤을 때 아영이의 눈동자는 분명 전형적인 한국인의
눈동자인 브라운 아이였다. 그런데 지금은 석영처럼 변화하고
있었다.

'아니, 이 경우는 진화(進化)가 맞겠지…….'

평범한 인간에서 비범한 인간이 된 후, 그 너머에 있다는

초인(超人)의 반열에 들어서고 있었다. 석영에 이어 아영이까지 진화를 시작했다. 그렇다면 다른 유저들도 그런 진화의 길에 들어섰을 게 분명했다.

석영은 두 사람만 이런 변화를 겪고 있을 거란 생각 자체를 버렸다. 인생의 주인공? 남들은 그래서 다 평범하다? 개소리다.

'버그 유저도 있는 판국에 무슨⋯⋯.'

자동차 정비공이었다던 김선아가 그랬다.

그녀 또한 라니아가 아닌 다른 게임을 하던 중에 그날을 맞이했고, 게임 속 능력을 제한적이지만 얻었다고 했다.

'천지개벽 스톰을 뿌려대던 여자도 범상치 않아.'

석영이 보기에 그녀도 버그 유저일 가능성이 높다고 봤다. 그게 아니라면 그렇게 광범위하게, 그리고 확실한 살상력을 보이긴 힘들 것이다.

영상이 한 번에서 멈추는 걸 보니 광범위하게, 확실하게 한 번 조지고 나면 방전되는 것 같았다. 하지만 그래도 무시무시한 파괴력이었다. 예전에는 잘 몰랐지만 지금은 안다.

아주 확실한 살상력을 가진 딜러가 있으면 전투에 어떤 영향을 끼치는지 말이다.

석영이 나레스 협곡과 왕성 전투에서 그랬듯이 동료로 있으면 무한한 사기 상승의 효과를 불러올 것이다.

그런 효과를 불러일으킬 수 있는 게 바로 석영이나 한지원, 그리고 영상에서 봤던 여마법사가 가진 힘이었다.

근데 이들이 그냥 단순히 평범한 인간일까?

석영은 바로 고개를 저을 수밖에 없었다.

절대, 절대로 평범하지 않았다.

그런데 아영이까지 그 대열에 합류하고 있었다.

일단 자신이야 체감상 크게 나쁜 것 같진 않아 신경 쓰진 않고 있지만, 나중에는 어떻게 될지 모르는 일이다. 그래서 아영이의 변화에 확실한 박수를 보낼 수가 없었다.

'나중에, 지금은 어차피 모든 게 베일에 가려져 있으니 시간이 지나면 알 수 있겠지.'

이 변화가 좋은 변화인지, 아니면 나쁜 변화인지 말이다.

치이익.

담배를 비벼 끈 석영은 생각을 정리하고 안으로 들어갔다. 그러곤 보일러를 틀고 바로 화장실로 향했다.

양치를 하고 샤워를 위해 옷을 벗자 상체가 아주 만신창이였다. 격렬했던 어젯밤이 생각나자 석영은 고개를 절레절레 저었다. 힐끔, 희끄무레한 게 배꼽 근처에 엄청 묻어 있는 걸 보고는 얼른 샤워를 시작했다.

한 10분에 걸쳐 샤워를 하고 밖으로 나온 석영은 아침을 준비했다. 아침이라고 해봐야 별거 없었다. 토스트, 계란 프라이, 베이컨 정도가 끝이었다. 아, 가볍게 밥도 먹어주는 게 좋아 간을 살짝 해놓은 밥에 김까지. 딱 이 정도였다.

그렇게 메뉴를 정하고 계란 프라이를 하고 있는데 끼이익, 방문이 열리는 소리가 났다.

아영이 나온 것 같았다. 돌아볼까 하다가, 계란이 탈까 봐 그만두기로 했다. 살금살금 고양이처럼 발끝을 세우고 다가오는 아영이의 기척이 느껴졌다.

문소리가 났으니 이미 석영이 알고 있다는 걸 김아영도 알고는 있을 것이다. 그럼에도 다가오고 있어 석영은 그냥 가만히 있었다.

사르륵.

잠시 뒤, 뒤에서 안아오는 아영이의 손길이 느껴졌다. 그 뒤엔 볼을 부비는 감촉도 같이 느껴졌다.

"일어났어?"

모른 척 물어주자, 대답은 잠시 뒤에 흘러나왔다.

"웅……. 맛있는 냄새 나서 깼어."

"다 되어가니까 씻고 와."

"아니, 먹고 씻을래."

"그래, 그럼. 식탁에 앉아 있어."

"웅."

얘가 갑자기 혀가 마비가 됐는지, 아니면 수줍음에 푹 빠져 있는지 대답이 어제와는 확실히 달랐다. 하긴, 어제와 너무 똑같아도 그건 문제가 될 것 같았다.

접시에 음식을 다 담은 석영은 쟁반째 들고 돌아서다 흠칫 놀라 멈춰 섰다. 아영이의 복장 때문이었다.

남자가 꿈꾸는 복장이 몇 개 있는데, 그중 하나를 완벽하게 재현하고 있었다.

"후후."

의미심장하게 웃는 아영이를 보며 석영은 고개를 절레절레 저을 수밖에 없었다.

"노렸냐?"

"응, 후후. 오빠 그런 모습 처음 본다."

"너는 하여간……."

"그래도 기분 좋지? 나처럼 예쁜 아가씨가 이런 차림으로 식탁에 앉아 있어주니까?"

피식.

솔직히 말해 심장이 다시 한번 두근거렸다. 그리고 또 다른 심장까지 같이……. 내심을 숨긴 석영은 식탁에 차린 음식을 내려놓고 앞에 앉았다.

"잘 먹을게."

"그래."

식사가 시작됐다.

아니, 시작하려고 했다.

석영은 잠간 미간을 찌푸렸다가, 아영이를 바라봤다.

"발 치워라."

"응? 발?"

"야, 밥 먹을 때는 밥 좀 먹자."

"후후, 알았어."

어쩐 일로 얌전히 물러나서 토스트에 잼을 바르던 순간이었다.

"그럼 밥 다 먹고는 해도 돼?"

"……."

감정을 확인했더니 얘가 아주 그냥, 무슨 불도저처럼 들이대기 시작했다. 그러나 이 또한 역시 석영은 익숙했다. 왜? 사랑을 확인하기 전에도 김아영은 항상 불도저 모드였기 때문이었다.

깔끔하게 대답을 무시한 석영은 아침을 먹기 시작했다. 석영이 대답을 안 해주자 아영은 '칫!' 하고 '흥!' 하고 '나쁘다!'까지 연달아 내뱉고는 식사를 시작했다.

워낙에 차린 게 간단한지라 10분 만에 아침을 다 먹고, 석영은 커피를 타왔다.

원두를 사용한 커피는 아니고, 그냥 믹스 커피였지만 이런 시간은 석영에게도 도움이 됐다.

아침을 다 먹은 두 사람은 소파에 앉아 TV를 틀어놓고 커피를 마셨다. 흰 셔츠만 입은 아영이 때문에 곤혹스럽던 것도 잠시, 러시아 상황이 보도되자 바로 집중이 됐다. 보도가 전해주는 내용은 하나였다.

독일이 감행한 EMP탄이 제대로 먹혀들었다는 내용이었다. 드론으로 촬영한 영상에는 진녹색 체액을 흩뿌리며 죽은 개미들의 사체를 조금의 과장도 없이 보여주고 있었다. 그걸 보며 석영은 빠져나오길 잘했다는 생각이 들었다.

몬스터에게도 저렇게 막대한 영향을 미치는 전략 무기가 인체에 무해할 리가 없다는 생각이 들었기 때문이다.

만약 고집을 부리고 있었다면?

'저렇게 칠공에서 피를 토하고 죽었을 수도 있겠지.'

여자 말을 잘 들으면 자다가도 떡이 생긴다더니, 석영은 그 말이 진짜 맞는 말인 건가? 하는 생각까지 들었다.

"이제 러시아도 정리되겠다. 그치, 오빠?"

"그렇겠지. 저렇게 탄을 뿌리고 정리하면서 전진하면 두어 달 내로 마무리되지 않을까?"

"그럼 땅에 숨은 놈들은?"

"그건… 글쎄다. 알아서 정리하겠지."

이 시대에 땅속을 알아보는 장비가 없는 것도 아니어서 땅 위만 정리가 끝나면 땅속에 숨은 놈들도 금방 찾아서 정리할 거라고 봤다. 그렇게 영상이 끝나고, 앵커는 이제 러시아의 생존 전쟁이 곧 마무리가 될 것이라는 희망찬 보도를 내놓았다. 석영은 앵커가 전해주는 내용처럼, 그렇게 잘 마무리되길 바랐다. 다음은 미국에서 벌어진 유저 간 대규모 충돌 사건을 다뤘다.

영상은 화려했다.

도심 전체에서 번쩍번쩍했고, 숲이나 평야에서도 작게는 수십, 많게는 수백이 한데 뒤엉켜 치열하게 싸우고 있었다. 앵커는 이들은 모두 각각의 길드 소속으로 이권을 놓고 다툼을 벌이고 있는 걸로 보인다는 추측성 내용을 전달했다.

—다음 소식입니다. 정부는…….

하는 말로 다시 화면이 넘어가자, 지잉! 지영과 아영의 폰이 동시에 울렸다. 서로의 얼굴을 보던 둘이 내용을 바로 확인했다.

한지원이 장세미와 함께 점심시간 이후, 2시쯤에 도착한다는 메시지였다. 그 메시지에 서로 다시 시선을 맞췄다가, 얼른 자리에서 일어났다.

상의는 또 이곳에서 할 터……. 얼른 어젯밤에 치른 전쟁의 흔적을 치우기 위해서였다. 이후 2시간, 두 사람이 겨우 숨을 돌리는 데 걸린 시간이었다.

오랜만에 만난 장세미는 많이 변해 있었다.

40대가 넘어간 그녀에게는 솔직히 나잇살이 있었다. 그런데 지금은 홀쭉하게 빠져 있었다. 당시에도 날카롭게 느껴졌던 눈매가 지금은 아예 퍼렇게 서서 빛이 나는 것 같았다. 냉정하던 눈빛이 그래서 더욱 소름끼치게 느껴졌다.

피식.

석영의 시선을 의식한 그녀가 가볍게 웃고는 소파에 앉았다.

"자고로 최고의 성형은 다이어트죠."

"하하."

시선에 담긴 의미를 파악하고 먼저 꺼낸 그녀의 말에 석영은 그냥 가볍게 웃음으로 답했다.

"무사해서 다행이에요."

"저야 후방에서 지원만 했을 뿐이니까요."

"후후, 농담도 하시네요? 후방에서 지원만 한 사람이 잡은 게 우리가 잡은 몬스터의 지분이 오분지 이 정도나 되는데, 그럼 우린 놀다 온 건가요?"

"그렇게 되기도 하겠네요."

호호호!

이번엔 장세미가 정말 크게 웃었다.

석영의 농담이 썩 마음에 든 표정이었다.

"뭔가 변한 것 같아요. 무슨 심경의 변화가 있었나 보네요?

흐음."

그녀는 의미심장한 눈빛으로 석영을 바라봤지만 석영의 표정에서는 아무런 변화도 없었다.

그저 담담한 표정을 유지할 뿐이었다. 그런 석영의 변화에 씩 웃은 장세미가 다시 입을 열었다.

"좋은 변화로 보이니 보기도 좋네요. 자, 그럼 정산부터 시작할까요? 지원아."

"네, 언니."

정산하는 자리니 본래는 공적이어야 맞는데, 굳이 장세미는 그렇게 안 가고 사적인 자리처럼 편하게 가겠다는 뜻을 내비쳐서 석영도 좀 더 마음이 편해졌다.

한지원이 서류를 내밀었고, 석영은 그 서류를 천천히 훑어보고 시작했다. 서류는 아주 간단하게 작성되어 있었다. 사냥한 몬스터 수, 골드 및, 아이템 습득 현황, 그리고 분배. 이렇게가 전부였다.

"많이 잡았네요."

"석영 씨가 도와준 덕분이죠. 음, 그리고 맨 마지막 장을 봐 줄래요?"

사락.

장세미의 말에 얼른 페이지를 넘기자, 중요한 아이템 목록이 나와 있었다.

"거기 적혀 있는 장비와 스킬은 상의하고 나누는 게 좋을 것 같아요. 석영 씨 생각은 어때요?"

"저도 좋습니다. 음……."

꽤 여러 개의 장비가 나와 있었다.

그 중 몇 개는 이미 석영이 보유하고 있는 아이템이었다.

"일단 저희 둘 다 가속 스킬은 필요 없습니다."

밑줄 쪽.

석영은 가속 스킬을 이미 배운 상태였다. 물론 아영이도 배워서 가속 스킬은 그들에게 필요가 없었다.

"다행이네요. 저희 애들은 반 정도는 안 배워서. 그럼 가속 스킬 네 개는 저희가 가질게요."

"네, 그렇게 하세요. 그리고 이건……."

인챈트 덱스터리티.

인챈트 스트렝스.

4, 그리고 6 단계의 버프 스킬이었다.

"힘, 민첩 버프……. 민첩은 제가, 힘은 아영이가 하나 가졌으면 좋겠는데요?"

"그렇게 해요. 저희도 지원이나 창미에게 몰아줄 거라 한 장씩은 필요하니까요."

그 외에는 자잘한 스킬이었다.

일이단계 스킬들은 그냥 파는 걸로 하고, 나머지는 아이템이었다.

"지팡이⋯⋯?"

"오빠, 이거 설마 힘지야?"

"그런 것 같은데?"

아이템명은 파워 스테프(Power staff)라고 적혀 있었다. 하지만 밑에 설명에 타격+힘 업이라고 메모가 적혀 있는 걸 보니 딱 봐도 힘지였다. 라니아 초장기 시절, 법사를 몽둥이 든 깡패로 만든 게 바로 힘지와 마지였다.

마지는 마나의 지팡이로, 몬스터나 유저의 엠피를 쪽쪽 빨아 빼 먹는 아이템이었다. 이걸 고단 강화한 법사가 칼질 변신을 해서 기사들과도 근접 맞짱 떴을 정도로 대미지가 잘 나오는 아이템이었다. 하지만 딱 거기까지였다.

고 레벨 장비가 나오면서 역사의 뒤안길로 조용히 사라진 아이템이었다. 그리고 석영이나 아영이에겐 전혀 쓸모가 없는 아이템이기도 했다.

"쓸 만한 아이템이 있나요?"

"아니요. 제가 쓸 만한 건 없는 것 같네요."

잡몹 위주로 잡아 그런가, 아이템도 제대로 된 건 없었다. 차라리 저걸 받느니 상점에서 사서 강화를 하는 게 훨씬 나은 선택이라 생각됐다.

그 외에는 일사천리였다. 스킬북을 받고, 계좌에 돈이 띠링!

소리와 함께 들어오고 나서 강화 주문서까지 딱 받자 정산은 깔끔하게 끝났다.

뭐다놓은 보릿자루처럼 있던 아영이가 얼른 주방으로 가서 차를 내왔다.

그녀의 모습에 한지원은 잠시 고개를 갸웃했지만, 장세미가 있어 그런지 일단은 참는 모습이었다.

"이제는 뭘 할 생각인가요?"

"글쎄요. 일단은 좀 쉬다가 대륙으로 넘어가 볼 생각입니다."

"대륙… 휘드리아젤 대륙 말씀이시죠?"

"네, 그곳에도 동료들이 있으니까요. 도와주겠다고 약속한 동생도 있고."

"인간미가 있으시네요?"

인간미라……?

그런 아름다운 게 언제부터 자신에게 있었는지는 모르겠지만, 굳이 부정하진 않았다. 부정할 경우 이유를 설명해야 하는데, 그게 귀찮았기 때문이다.

"러시아는 두어 달 내로 정리될 것 같아요. 특이 사항이 없다면 말이에요. 연락은 정기적으로 지원이 통해 할게요."

"네."

"아, 그리고… 그 새끼들, 꼬리 잡은 것 같아요. 언제 대륙으로 갈지 모르겠지만 이 주 내로 확실히 파악할 수 있을 거예요."

"……"

석영은 장세미의 말에 씨익, 조소를 지었다.

저도 모르게 나온 조소였다.

놈들을 생각하자, 훈훈하던 석영의 분위기가 순식간에 돌변했다. 조소와 함께 맺힌 싸늘함에 장세미가 또 씨익 웃었다.

"정말 미안한 말이지만, 역시 석영 씨는 그 미소가 더 잘 어울리네요."

"…연락 기다리겠습니다."

"그 사무적인 말투도 그렇고. 자, 그럼 일어날게요. 놈들 찾으면 지원이 통해서 연락 줄게요. 이동과 전략 수립은 제게 맡겨주세요."

"네."

불감청이언정고소원이다.

전문가가 나서서 이동과 전략을 짜준다면, 더할 나위 없이 효과가 극대화될 것이다.

이미 이번 러시아 원정으로 부상자 한 명 없이 복귀하는 말도 안 되는 능력을 보였다는 걸 확인했기 때문에 그녀에 대한 믿음은 최고치였다.

석영의 대답을 듣고 자리에서 일어난 장세미가 손을 내밀었다.

"멋진 전투 고마웠어요. 다음에도 꼭 같이 작전을 뛸 수 있을 빌어요."

"네, 저도 그랬으면 좋겠습니다."

꾸욱.

단단하게 쥐고 악수를 한 장세미는 아영에게도 악수를 권하고는 바로 떠났다. 장세미를 배웅하고 온 한지원이 다시 아영을 빤히 바라봤다.

"너."

"왜, 왜요, 언니?"

"너 무슨 일 있어?"

"아, 아니요? 어, 없는데?"

피식.

누가 봐도 뭔 일 있는 사람의 대답이었다. 하지만 딱 봐도 또 콘셉트를 잡은 것 같았다. 아영이 바보도 아니고, 심지어 연기자인데 속마음을 저렇게 대놓고 보여줄 리가 없었다. 한지원도 그걸 아니 아영을 빤히 보다가, 다시 석영을 바라봤다.

"뭔 일 있었어요?"

"글쎄요? 아영이한테 물어보는 게 빠를 겁니다."

"흠… 수상한데."

"뭘 수상까지나."

그렇게 대답한 석영은 베란다로 나갔다. 다 큰 어른들이다. 벌써 나이가 서른여섯이나 된. 아재 중에도 상아재가 석영이다. 노처녀급 대열에 당당히 합류한 여자가 아영이고. 그런 둘이 불타는 밤을 보냈다고 뭔 흉이 되겠나.

'단지 조금 쑥스러울 뿐이지.'

치익.

"후우……."

담배 연기를 내뿜으면서 석영은 눈 덮인 산을 바라봤다. 엊그제 내린 눈으로 온 산이 새하얗게 물들어 있었다. 근데 그걸 보자, 저 눈처럼 깨끗했던 마가리타가 떠올랐다. 아무런 사심도 없이 웃어주던 아이. 마가리타 말고 리타라고 불러달라던 아이. 석영은 그날, 트럭에 리타를 올려준 걸 후회하고 있었다.

만약 자신이 데리고 간다고 했으면?

그렇게 목이 뚫린 채, 말 한마디도 제대로 못 남기고 눈을 감진 않았을 것이다. 석영은 그게 너무 화가 났다. 정말 너무 화가 나서 그 일만 생각하면 기분이 확 돌변할 정도였다.

그래서 한국으로 돌아온 이후에는 의도적으로 리타의 생각을 피했다. 하지만 장세미의 말을 들으니 그것도 마지막이었다.

곧 그녀가 놈들을 찾아낼 것이고, 또 한 번 작전을 뛰게 되면, 리타에 대한 미안함을 갚을 수 있을 것이다. 석영은 하루 빨리 그날이 오기를 바랐다.

담배를 끄고 안으로 들어가자 한지원과 아영이가 소파에 앉아 깔깔거리며 대화를 하고 있었다. 아니, 아영이만 깔깔거리고 있었고, 한지원은 특유의 미소로 아영이의 말을 들어주고 있었다.

"어, 오빠!"

"왜?"

"배고파! 점심 먹자!"

"……."

보자마자 밥을 해달라는 저 당당한 말에 석영은 잠시 말문이 막혔지만 어차피 자기도 슬슬 배가 고픈지라 주방으로 털레털레 향했다.

점심이라고 해봐야 별거 없었다. 밥솥에 밥을 안치고, 간단하게 김치 콩나물국을 끓였다. 반찬은 전에 아영이 사온 완제품 위주로 차렸고, 간단하게 계란 프라이랑 햄도 좀 구워서 올렸다. 30분 만에 뚝딱! 점심 준비가 끝났다.

"이야, 맛있는 냄새!"

"석영 씨가 해주는 밥이 요즘은 제일 맛있더라고요."

냉큼 앉는 두 사람을 보며 석영은 어째 자신이 보모가 된 것 같은 느낌을 받아야 했다. 하지만 두 사람 다 요리 솜씨가 끔찍하게 형편없는지라, 어쩔 수 없이 식사 준비는 항상 석영이 해야만 했다.

"뭐지, 그 표정?"

아영이가 석영의 표정을 읽었는지 샐쭉한 표정으로 툭 말을 던져왔고, 석영은 그냥 무시하고 앉아 수저를 들었다.

"크아, 얼큰하네. 역시 오빠가 끓여주는 국이 맛있다니까?"

아영이의 아저씨 같은 추임새에도 석영은 무시하곤 식사에 집중했다. 석영의 식사는 꽤 빨랐다. 10분도 안 되어 식사를 끝내고 식기를 싱크대에 넣곤, 그대로 다시 베란다로 나갔다.

"오빠, 설거지는 내가 할게!"

"그럼 그 정도는 해야지. 매일 밥해주는데."

"흐흐, 알았어. 해줄게, 해준다. 내가 그 정도는 충분히 해주고 만다."

"뭘 당연한 걸 인심 쓰듯이 얘기해?"

두 사람의 만담이 실려 왔지만, 이번에도 석영은 깔끔히 무시했다. 담배에 불을 붙인 석영은 폰을 꺼내 입금액을 확인했다.

"……."

공이 몇 개지……?

하도 많이 찍혀 있어서 얼떨떨한 기분까지 들었다. 하긴, 그곳에서 석영이 잡은 몬스터만 해도 몇백 개체는 된다. 최소

300은 넘을 것이다. 거기에 여왕개미까지 합치면? 훨씬 많은 수를 그곳에서 잡았다. 그게 석영 혼자 잡은 몬스터의 수다. 대대 전체로 따지면? 거의 천에 근접할 것이다.

아이템도 상당히 나왔고, 별것 아닌 템은 죄다 매각했을 테니 액수는 더더욱 많았다. 석영은 오후에는 드디어 아이템 정비를 하기로 했다.

'계획대로 물리와 마법… 응?'

두드드드드!

아련하게 들려오는 헬리콥터의 프로펠러 도는 소리가 석영을 단숨에 끄집어냈다. 그리고 그렇게 끌려 나온 석영의 인상이 다시 단숨에 확! 굳어버렸다.

이런 산골짜기에 헬리콥터? 산림청에서 운영하는 헬기일 수도 있지만 석영은 이 겨울에, 바람이 이렇게 부는데 헬기를 띄우진 않았을 거라고 봤다.

바로 안으로 들어가니 이미 소리를 들었는지 한지원이 전투 준비에 들어가 있었다. 나른하던 눈빛이 싹 변해 예리하게 빛나고 있었다. 아영이도 설거지를 하다 말고 장비를 챙겨 입고 있었다.

"언니, 좋은 의도로 오는 인간들은 아니겠지?"

"그렇겠지. 언제 이 집에 그런 인간들이 온 적이 있니?"

"하긴……."

아영이가 한지원의 말에 수긍하며 고개를 끄덕였고, 석영도 그 말에는 극히 공감했다.

"자, 준비해요."

"……"

석영은 고개를 끄덕이곤, 뒷문으로 나와 옥상으로 올라갔다. 옥상 문을 열고 밖으로 나오자 저 멀리 새까만 동체의 치누크가 태양을 등지고 영화의 한 장면처럼 날아오고 있었다.

하지만 석영에겐 별로 영화 같진 않았다.

'영화? 지랄 염병……'

그런 영화는 무조건 사절이다.

석영은 그런 생각을 하면서 예전에 설치한 막사의 망루로 이동했다. 철판 몇 겹이나 덧대 웬만한 저격쯤은 충분히 막을 수 있고, 사방이 탁 트여 있어 어디든 저격할 수 있다는 이점이 있었다.

5분쯤 지나자 두드드드! 소리가 가까워졌고, 석영의 집에서 좀 떨어진 곳에 치누크 헬기가 바닥에 내려섰다. 열린 문으로 위장복을 입은 군인들이 우르르 내렸다.

"움직여!"

대장으로 보이는 자의 외침에 사방으로 흩어져 자리를 잡았다. 석영은 고개를 갸웃했다. 움직임을 보니 분명 유저들로 이루어진 특수부대 같았다. 엄청 전문적인 동작들과 은폐 후

총구만 삐죽 튀어나와 있다. 물론 그 총구가 석영이나, 석영의 집을 향해 있진 않았다. 오히려 석영이 집 정면 쪽을 겨누고 있었다.

뭐지?

석영이 고개를 갸웃하는 순간 치누크에서 정복 차림의 군인이 내리는 게 보였다.

'뭔 놈의 휘장이⋯⋯.'

아주 그냥, 뻔쩍뻔쩍하게 달아놓았다.

새하얗게 머리가 센 군인이 석영의 집을 향해 곧바로 다가왔다. 조금 가까워지자 그의 계급이 보였다.

별 넷. 대장이었다. 최고 통수권자라 할 수 있는 대통령을 제외하곤, 군에서는 거의 무소불위의 권력을 부릴 수 있는 군의 최고 결정권자 중 하나였다.

'그런 대장께서 부관도 없이 달랑?'

진짜 비서관도 없이 달랑 혼자 석영의 집으로 향해 올라오고 있었다. 참 보기 드문 광경이었다. 하지만 석영은 일단 망루에서 내려오지 않았다.

지잉.

하지만 들고 온 폰에 메시지가 석영을 자리에서 일어나게 했다.

[아는 사람이에요. 내려와도 돼요.]

　한지원의 메시지에 석영은 그래도 바로 내려가지 않고 담배를 일단 입에 물었다. 치익. 불을 붙이고 2개 소대가 은폐한 곳을 살펴봤다. 잠시 신경을 팔았다고 고새 모두 제대로 은폐에 들어가 있었다.

　확실히 전문가는 전문가들이었다.

　제대로 위장 은폐에 들어가자 기적을 내지 않는 이상 찾기는 힘들 것 같았다.

　'그런데 한지원을 안다?'

　석영은 순간 그런 궁금증이 들었다.

　그가 아는 한 한지원이 속했던 부대는 극비 중에 극비 부대다. 언론에 알려지면 만인의 지탄을 받을 그런 부대가 한지원의 부대라, 문서로조차도 남지 않았다. 그런데 한지원이 알고, 한지원을 안다?

　범상치 않은 군인이 분명했고, 그래서 더욱 궁금증이 생겼다.

　담배를 하나 태우고 아래로 내려가자 오십 대 후반에서 육십 초반 정도로 보이는 중년의 군인이 소파에 앉아 있었다.

　단단한 표정이고, 그리고 얼굴 피부가 까맣게 탔다.

　부리부리한 눈빛을 보니 어째 꽤나 야전에서 구르고 구른 군인 같았다. 자리에서 일어난 그가 석영을 잠시 바라봤다.

석영도 그 눈을 피하지 않았다.

잠시 빤히 석영을 보던 군인이 손을 내밀었다.

"나 박장석이요."

"…정석영입니다."

"반갑소, 일단 앉읍시다."

당당함이 가득 배어 있는 행동. 이건 오만함과는 또 달랐다. 자신이 신념과 그 신념을 지켜온 군인만이 가질 수 있는 특유의 기품이자 기세였다.

"지원이 너를 이렇게 또 볼 줄은 몰랐구나."

"네, 저도예요."

"잘 지냈느냐?"

"네."

한지원의 표정과 말투가 그리 적대적이진 않았다. 하지만 그렇다고 호의적이지도 않았다.

"그보다 엄청 진급하셨네요? 아버지 돌아가셨을 때만 해도 소장이셨던 것 같은데?"

"특수군 사령관을 맡아달라는 걸 계속 거절했더니 이렇게 대장직을 덜컥 줘버리더구나."

"헐, 두 단계 진급? 소장에서 대장까지요? 그게 가능해요?"

"이딴 세상에서 안 될 게 뭐가 있냐?"

허…….

그 말을 들은 석영도 놀랐다.

소장에서 대장 진급을 한 큐에?

군 생활 할 때 간첩을 잡으면 병장으로 한 방에 진급한다던 말은 들은 적이 있어도, 소장이 대장으로 건너뛰는 건 또 처음 들었다. 아니, 처음 봤다.

"야전에서만 뛰려고 했는데, 특수군 사령관을 굳이 맡아달라고 이렇게까지 하는 걸 보고 어쩔 수 없이 얼마 전에 수락했다. 그 뒤에야 알았다. 군 특수부대에서 너를 포함한 세미까지 영입하려고 한다는 사실을."

피식.

그 말에 한지원이 비릿한 조소를 지었다.

"누가 그런 짓을 하려고 했대요?"

"전임 사령관이다."

"누군지는 모르겠는데, 인생이 이제 지겨워서 그만 살고 싶대요?"

"하하, 그 친구라면 그만 살고 싶긴 했을 거다."

"누군데요?"

"김지철 소장이다."

"아……."

그 개새끼?

피식 웃는 한지원의 눈빛에 서늘함이 가득 들어섰다. 원래 감정을 잘 표현하지 않는 한지원이 이렇게까지 솔직하게 나오는 걸 보면 이 박장석 대장과는 꽤나 친분이 있는 것 같았다. 아영이 막 차를 내와 테이블에 올려놓고는 조신하게 석영의 옆자리에 앉았다. 그사이 또 콘셉트가 바뀐 것 같았지만 자리가 자리인지라 석영은 내색하지 않았다.

"뭐, 그런 얘기하자고 절 찾아오신 건 아닐 테고. 무슨 용건을 들고 오셨어요?"

"미안하지만 용건 따위는 없다. 그냥 얼굴이나 보자고 온 길이니까."

"설마요. 특수 팀 사령관이 그렇게 한가한 자리였던가요?"

"진짜다. 아, 할 말이 있긴 하구나."

"뭔데요?"

"앞으로 군에서 너희들이나, 저기 저 친구를 건드리는 일은 없을 거다."

"그걸 어떻게 확신하시죠?"

"내가 특수 팀을 맞는 조건 중 하나였으니까. 사령부 쪽에 후배들도 있으니 알음알음 들어 알고는 있었다. 너희들에게 다시 수작질을 하려는 움직임이 있다고. 뭐, 제대로 정체를 아는 놈들은 거의 없겠지만 갑수 그 친구 때문에 안 그래도 들을 때마다 신경이 쓰였었다."

"흠……."

"이번에 맡고 나서 확실히 알았지. 그래서 딱 못 박아뒀다. 건드리지 말라고. 만약 조금이라도 낌새가 보인다면 내가 반드시 후배들, 날 따르는 놈들을 이끌고 전역 신청서 다발을 뿌려 버리겠다고 그랬더니 알겠다더구나."

"호오… 그걸 들어줬어요?"

"특수 팀을 끌고 나간다는데 지들이 어쩌겠냐? 아니꼬우면 애들한테 신임을 좀 진즉에 받아놨어야지."

하긴.

대한민국 군인들 대우가 썩어빠졌다는 건 전 세계가 아는 일이다. 그럼에도 특수 팀 수준이 유지되는 건 박장석 같은 장군이 열과 성을 다해 대원들을 챙겼기 때문이다. 그래서 나라를 지킨다는 자부심을 겨우 유지했고, 그 무능함이 특수 팀이 거의 한 사람의 사조직화가 되어버리는 걸 막지 못했다.

아니, 그들은 그런 낌새조차 느끼지 못했다.

그러다 유성의 날 이후 부랴부랴 챙겨보겠다고 나섰지만 이미 돌아간 마음을 어찌하기에는 늦어도 한참이나 늦어버린 뒤였다.

기차 떠난 뒤에 손 흔들어봐야 이미 늦었다는 말이 딱 어울리는 상황이었다.

"어쨌든 내가 여기에 있는 이상 너나 세미한테 수작질할 일은 없으니까 안심해도 좋다. 그 말 하려고 했다."

"음… 감사합니다."

한지원은 고개를 끄덕이곤, 그에게 다시 고개를 숙여 감사의 인사를 했다. 그리고 사실 석영에게도 나쁜 일은 아니었다. 박장석의 시선이 이번엔 석영에게 향했다.

"석영 씨, 그쪽에 대해서도 꽤나 들었소."

"제 소문도 났습니까?"

"물론이요. 아주 위험한 인물로 특급 관리 대상이 되셨더이다."

"……"

특급 관리 대상이라…….

그리 유쾌한 소리는 아니었다. 하지만 석영은 충분히 그럴 가능성이 있었다. 아니, 그러고도 남았다. 이미 군은 어느 정도 석영에 대해 파악한 게 분명했다. 그렇지 않다면 굳이 특별 관리 대상으로 지정하지도 않았을 것이다. 하지만 그래도 다행이었다. 눈앞에 이 야전 특수 팀 사령관이 이렇게 지켜 준다니까 말이다. 이걸 보면 그래도 아직 군이 뿌리까지 썩은 건 아닌 것 같았다.

"종종 찾아오마."

"됐어요. 불편해요."

"김갑수 그놈 딸들이면 내 딸이기도 해. 아빠가 딸 찾아오겠다는데 그러기냐?"

"네, 그러기예요. 할 말 끝났으면 그만 가세요."

"매정한 것. 이만 일어난다."

박장석이 자리에서 일어나자 한지원도 같이 일어나며 물었다.

"여긴 어떻게 찾으셨어요?"

"……."

피식.

재미난 소리를 들었다는 것처럼 웃은 박장석이 석영과 아영이에게 정중하게 인사를 한 후 집을 나섰다. 그가 나가자 한지원이 고개를 절레절레 저었다.

"멍청한 질문을 했네."

"그러게요, 언니. 대령도 아니고 별이 네 갠데 어떻게 찾았냐니, 쿡쿡!"

"이것이."

한지원이 손을 슥 들어 올렸다.

그러자 아영은 석영의 뒤로 얼른 숨었다.

"헤헤, 이제 저 때리면 안 돼요!"

"확, 까분다."

멀어져 가는 박장석을 본 한지원은 '후우' 한숨을 크게 내쉬었다. 그런 그녀의 눈빛은 촉촉하게 젖어 있었다. 마치 누군가를 회상하는 것 같은 그런 눈빛이었다. 감정을 잘 표현하지 않는 한지원이기에, 석영도 아영도 말은 하진 않았지만 내심으론 놀랄 수밖에 없었다.

두드드드드드!

헬기가 다시 떠나는 소리가 들리고 나자 한지원은 밖으로 나와 담배를 꺼내 입에 물었다.

"아영아."

"네, 언니."

"술상 좀 차려라. 오늘은 낮술이 당기네……."

"네."

한지원의 분위기가 심상치 않다고 느낀 그녀는 군말 없이 바로 술을 가지러 자신의 집으로 내려갔다.

"석영 씨도 한잔할래요?"

"……."

석영은 말없이 고개를 끄덕였다.

이제는 동료다.

한지원과 어떤 관계냐고 묻는다면 석영은 주저 없이 그렇게 대답할 것이다. 그런 한지원의 기분이 박장석 대장을 만난 이후 급추락했다. 석영은 그 이유를 알 것 같았다.

'갑수 그 친구? 그 사람이 한지원이 말한 아버지겠지.'

고아인 본인을 거둬 먹여주고, 재워주고, 공부시켜 준 아버지다. 성도 다르고, 핏줄은 당연히 0.1%도 일치하지 않지만 마음으로 인정한 아버지가 그 김갑수 소장이다. 석영은 안으로 들어가서 잔과 치즈, 과일 등을 준비했다.

"별로 춥진 않으니 밖에서 어때요?"

한지원이 준비해 놓은 것들을 쟁반에 담으며 한 말에 석영은 고개를 끄덕였다. 안 그래도 석영도 그런 생각을 하고 있었다. 오늘은 해가 매우 따듯하고, 바람도 많이 안 부니 밖에서 마시는 것도 나쁘지 않았다.

밖으로 나가자 아영이가 짠! 하고 술이 가득 든 나무 박스를 들어 보였다.

꽤 좋은 술을 가지고 왔다.

석영은 무난한 발렌타인 21을 골랐다. 한지원과 아영은 레드 와인과 화이트 와인 각각 두 병씩을 나무 박스에서 뺐다. 낮술이라고 가볍게 마실 생각은 전혀 없어 보였고, 그냥 작정하고 마실 생각 같았다.

석영은 바로 테이블과 의자를 세팅하고, 모닥불을 붙였다. 춥진 않지만 그래도 분위기를 조성용으로 모닥불만 한 것도 없었다.

쪼르르.

서로 다른 색의 술이 각자의 잔에 거의 동시에 채워졌다.

"음… 건배사는 뭐가 좋을까요?"

한지원이 나직하게 물었고, 석영은 잠시 생각에 잠겼다가 잔을 들어 올렸다.

"제발 좀 순탄한 삶을 위하여."

"……"

"……"

피식, 피식, 피식.

순간적으로 떠올린 석영의 건배사에 세 사람이 동시에 공감하듯 실소를 흘리고는 잔을 들어 올렸다.

『전장의 저격수』 8권에 계속…